Fan
ファン文庫

狼様の運命の花嫁

著　御守いちる

JN109281

マイナビ出版

狼様の運命の花嫁

序章

「椿！　椿、どこにいるの⁉」

　義母の怒声が屋敷に響き渡っている。

　厨で夕餉の準備をしていた私は、急いで義母の声がする広間へと急いだ。

「はい、何でしょうかお義母様」

　義母は形のいい眉をつりあげ、鋭い瞳で私を睨みつけて叫んだ。

「何でしょうかじゃないでしょう！　掃除道具が広間に置きっ放しよ！　みっともないったらないわ。きちんと片付けなさい！」

　そう言って義母は広間の隅に置かれていたちりとりとほうきを指差し、もう一度私を睨む。

　私は黙ったまま、義母の顔を見返した。

　今日広間の掃除をしたのは使用人のひとりで私ではないのだが、どうせそう伝えても、義母はいつものように別の難癖をつけて私を叱るだけだろう。

「何よ、その顔は？　怨めしそうに私を見るのをやめなさい！」

「……はい。申し訳ありません」

「座りなさい」

「はい」

私は義母の正面に正座する。

義母はちりとりを持ち上げ、溜まっていた塵を私の顔に浴びせかけた。目や口に埃や砂が入り、私は小さく咳き込んだ。

「まったく、本当に陰気な子。近くにいるとこっちまで暗い気分になるわ。きちんと片付けておきなさい！」

そう言ってちりとりを投げ捨て、義母は部屋を出て行った。

通りかかった使用人は気の毒そうにこちらを遠巻きに見るだけで、決して私を助けようとはしない。

私は顔にかかった埃や砂を手で払い落とし、惨めな気持ちで周囲に散らばった塵をほうきで集める。

——本当のお母様なら、絶対私にこんなことをしないのに。

そう考えて、寂しさが募った。

私が住んでいるのは、帝都の近郊に位置する『神薙（かんなぎ）』という街だ。

その昔、神薙に住めるのは異能を持っている一族だけだったという。

異能とは、普通の人間にはない特別な力だ。たとえば触らずに物を動かしたり、手から炎を灯したりすることができる。

異能力者は普通の人間たちから特別な存在として尊敬されるのと同時に、忌避（きひ）されることも多かったという。疎外され、居心地の悪くなった異能力者が集まり、いつの間にか神薙という街が出来上がった。街が成立した頃、神薙には異能力者が結界を張り、彼らのみが暮らしていたようだ。

やがて日本が戦争により甚大な被害を受けそうになった時、天ツ国（あまつくに）に住む神々が争いを鎮めてくれたという。

天ツ国とは、日本を守護する神様が暮らす場所だ。天ツ国は天上にあるという。地上に住む普通の人間は、辿り着くことができないと思われていた。異能力者の特別な力も、天ツ国の神々が与えたものだという言い伝えがある。

神様を実際に見たことのない人間たちはそれをただの作り話だと思っていたけれど、神々に守られてからは、神の存在を信仰するようになった。

神々と神薙の異能力者が協力して国を守ったおかげで日本は外の国との争いをやめ、

平和が訪れた。天ツ国の神々が介入したことにより、日本の歴史は大きく変化したと言われている。

天ツ国の神々は地上に降りることはなかったけれど、近年では神薙で人間と交流を持ったり、人間の世界で仕事をしたり、中には人間と結婚する者まで現れた。

地上への神々の介入があったことから、元号は大正から『天境（てんけい）』に改められた。

現在、帝都では異国の文化が栄え、街の様子もどんどん様変わりしている。

街の外との交流を頑なに拒んでいた神薙の結界も解かれ、異能を持たない人間も少しずつ出入りするようになった。

今では神薙に住む人間の三割ほどは、異能を持たない普通の人間だという。それに伴い、異能力者たちの血も薄まったのか、異能を持つ一族でも、その力は弱まりつつある。

そんな神薙で暮らす異能を持つ一族の中で、御三家という、特別強い異能を持つ三家がある。

國水（くにみ）、迦具羅（かぐら）、そして私の一族である朔夜（さくや）だ。

朔夜家では代々女性の方が強い力を持っているらしく、私の母も優れた異能力者だった。

朔夜家の人間はみな、植物を操る異能の持ち主だ。美しい花を咲かせることができるので、神事を行う時には決まって朔夜家の一族が育てた花が使われていたらしい。

朔夜家は華族以上の地位を持つ御三家のひとつだったが、母は本家が決めた許婚との結婚を断り父と駆け落ち同然で結婚したので、朔夜の本家から縁を切られていた。

そのため私の暮らしていた家は、古くて狭い平屋だった。板戸の隙間からは隙間風が入り込み、それを修理した跡がいくつもあった。御三家の屋敷にはいて当然の使用人も、うちにはひとりもいなかった。

母は異能で生み出した植物から、薬を作る技術に長けていた。そのため私の家にはよく病気の人が訪れた。お金がなく医者にかかることができない人や、重い病気で医者に匙を投げられたような人でも母は優しく接し、熱心に看病した。母自身も病弱な体質で寝込んでいることが多かったけれど、私が話すといつも笑顔を見せてくれた。

贅沢な暮らしはできなかったし、母を変わり者だと笑ったり、本家に戻れば楽な暮らしができるのにと陰口を叩いたりする人もいたけれど、私はそんな母が誇らしかった。

「椿。異能を持つ御三家である朔夜の一族として、誇りを持って生きるのですよ」

そう話す、凜とした母の声が大好きだった。私は母を尊敬し、彼女のような女性になりたいと思い、よく母の仕事の手伝いをしていた。

だが私が六歳の時、母は重い病を患い、ふせってしまった。

母が衰弱していく原因は分からなかった。医者に異能の使いすぎではないかとも言われたが、詳しいことははっきりしない。

布団から起き上がることさえできない日が続いたが、それでも救いを求める人が訪れれば、母は自分の力を使い続けた。異能を使い続ければより病状が悪化するかもしれないと私と父が止めても、母は聞かなかった。

母は気丈に闘病するも、結局一年後に亡くなってしまった。

朔夜家の光のような存在だった母が死に、私と父はすっかり生きる気力を失っていた。

だが母の死後、二年程が過ぎた頃、父を献身的に支えてくれる女性が現れた。

それが現在の義母である、長谷川麗子（はせがわれいこ）だった。

麗子さんは、華やかな女性だった。

神薙に住んでいるのだから、長谷川の一族も何らかの異能を持っているのだと思った。だが、だいぶその血が薄れ、現在はほとんど異能は使えなくなっていると言う。今の神薙には、そういう人間も多い。

気に入った数枚の着物を大切に着回していた母と比べ、西洋の文化を取り入れ、自身も洋装を纏（まと）っている麗子さんは眩かった。

古きよき文化を愛する人が多く暮らす神薙で、彼女は少し異質な存在だった。

麗子さんと初めて出会った時、私は彼女の姿に圧倒された。

彼女は緋色のビロードのワンピースを着て、首にルビーのネックレスをつけ、高いハイヒールを履いていた。両側の髪は波打たせ、耳を隠す上品な髪型だった。毒々しいほどに真っ赤な口紅は、目鼻立ちのハッキリとした彼女によく似合っていた。

彼女自身が宝石のごとく輝きを発しているようにさえ見えた。


ある日、私と父は麗子さんの屋敷に招待された。

彼女の父親が残したという屋敷も豪華で、やはり神薙では珍しい洋館だった。

玄関を入るとすぐに立派な大理石の柱と大階段が目に入る。階段の手すりにも細かな装飾が施され、踊り場のステンドグラスからは光が入る。

大広間の花飾りのついた漆喰(しっくい)天井には眩いシャンデリアが輝き、品のいい机とチェアが置かれている。薔薇の模様のじゅうたん、寄せ木貼りの床など、どこを見ても煌びやかだった。

神薙ではあまり普及していない自動車も置いてあり、使用人も大勢働いていた。

ただ、彼らの顔色が一様に暗いのが少し気になった。

「素敵なお屋敷ね。外国の物語に出てくるお家みたい」

私がそう話すと、麗子さんは優しい笑顔で言った。

「椿ちゃんも、もうすぐここで暮らすのよ」

その言葉に驚いて、私は目を瞬いた。

「椿ちゃん。お母さんが亡くなって辛いでしょうけど、私を本当のお母さんと思ってい
いからね」

そう言って私を抱き締める麗子さんからは、むせるような香水の匂いがした。

屋敷からの帰り、父は言った。

「麗子さんも数年前に事故で旦那さんを亡くし、母ひとり子ひとりで暮らしているんだ。

華やかに見えるけれど、本当は脆い人なんだよ」

その言葉を聞きながら、ぼんやりと考える。

あの人が新しいお母様になるのかしら。

正直、少し嫌だと思った。

すべてがお母様と違いすぎる。

それに麗子さんは、ときどき驚くほど冷たい瞳で私を見ているような気がした。

いつも優しい眼差しで私を見守ってくれた母とは正反対だ。

だけど、そんな考えは改めようと頭から振り払った。

お父様はお母様の死に対し、泣き暮らすのをやめて、前を向こうとしている。

それに別れ際に会った麗子さんの娘の沙彩(さあや)も、とても愛らしい子だった。

沙彩の髪は神薙では珍しい栗色で、麗子さんに似てゆるいウェーブがかかっていた。

ぱっちりとした瞳で、笑うと天使のように愛らしかった。

沙彩は鈴を転がすような声で言った。

「沙彩は椿ちゃんと、姉妹になるの？　椿ちゃんがひとつ上だから、お姉様ね。お姉様って呼んでもいい？」

ずっと姉か妹が欲しいと思っていた私は、沙彩の言葉に感動した。

きっと麗子さんの冷たく感じる視線も、勘違いだ。母を思うあまり、疑心暗鬼になっていたのかもしれない。

そう考え、私はお父様と麗子さんの結婚を受け入れた。

――しかし私の直感が正しかったと気づくのは、父と義母が暮らしはじめてすぐのことだった。

やがて私と父は、長谷川家の洋館で麗子さん、沙彩との四人暮らしをはじめた。

麗子さんとお父様は籍を入れたが、朔夜の本家の許しが出なかったので、私は祖父の養女になり、朔夜の名字のまま生活することになった。詳しいことは分からなかったが、祖父がそうしたいのならそれでいいと思った。

母が絶縁されたことで、朔夜本家との繋がりは完全に途絶えたと思っていたけれど、祖父が私をまだ朔夜の一族だと考えてくれたことは嬉しい気がした。

だが麗子さんは、その決定に不満を持っていたようだ。

御三家である朔夜の力を手に入れたいと思う人間は多い。義母もそういう人間のひとりだった。

朔夜は御三家のひとつなのだから、表向きは清貧な振りをしていても、どこかに莫大な遺産を隠し持っている。義母はそのように考えていたようだ。

本家はともかく、私たち家族は朔夜から絶縁されているし財産はほとんど残っていない。そのことを知ると、麗子さんは不機嫌になり、やがて父に新しい商売を勧めた。

母が亡くなった後、父は母が残した生薬（しょうやく）や漢方薬の作り方を読み、半分趣味のような形で細々と薬屋を営んでいた。

麗子さんは父をおだてあげ、「あなたの器には、もっと規模の大きな仕事が似合う」と言いくるめた。都会に巨大なビルを建てて貿易商を行おうという案が持ち上がり、父は資金が足りないと心配したものの、麗子さんの知人で社長である財前（ざいぜん）という男が金策してくれた。父は彼らに強引に押し切られる形で大金を借り、ビルを施工しはじめた。

私は父を必死に止めたけれど、気の優しい父は麗子さんと財前の提案を断れなかった。

だが商いに詳しくない父の仕事がうまくいくわけもなく、半年も経つ頃には経営はあっという間に傾き、父は莫大な借金を抱えることになった。

それまで親切だった財前は豹変し、厳しく借金を取り立てはじめた。麗子さんの助言でなんとか財前の怒りをおさめてもらったらしいが、その結果、父は財前の会社で働かせられることになったようだ。

借金がある立場上強く出られず、朝から晩までほとんど休みなく、奴隷のように少ない賃金で働くという契約を交わしてしまったらしい。

父は遠方に追いやられ、滅多に家に帰って来られなくなった。

そして父が屋敷にいなくなると、麗子さんは本性を現した。

もう笑顔を取り繕う必要もないと考えたのだろう。

私の立場は、屋敷の中で一番下まで追いやられた。

家事をしろと命令され、何かするとその度に難癖をつけられた。

「あんたを守ってくれる父親はもういないわよ！」

そう言って、義母は何度も私に冷たい桶（おけ）の水を浴びせかけた。沙彩はいつも、麗子さんの後ろでその姿を楽しそうに眺めていた。

私の部屋は日当たりの悪い、家財の押し込まれた屋根裏に変更された。

外に出ることは基本的に許されず、幽閉されているような生活になった。学校など、もちろん通うことは許されなかった。

屋根裏は決して居心地のいい場所ではなかったけれど、それでも義母や沙彩と一緒に過ごすよりは、そこに閉じこもっている方がましだった。

「お父様、早く帰って来て」

膝を抱えて泣きながらそう願っても、父は年に一度ほどしか屋敷に戻らなかった。その上家に帰って来る父は、見る度に痩せこけてどんどん痛ましい姿になっていった。

私が義母からされた仕打ちを訴えても、父は諦めたように呟くだけだった。

「……我慢しなさい、椿。麗子さんの言うことを聞いていれば、君は何不自由なく生活できる」

今思えば、父は父なりに私を守ってくれようとしていたのだろう。

結局過酷な労働に追いやられた父は、過労で倒れて意識も戻らなくなり、病院で寝たきりになってしまった。

父が倒れたことを知っても義母は、ほとんど見舞いにも行かなかった。

彼女は屋敷で茶を飲みながら、呆れたように呟いた。

「ふがいない男ね。あれくらいで働けなくなるなんて」

その言葉がどうしても許せず、私は初めて義母に反抗した。いつもならば彼女に刃向かえば制裁を加えられるので黙っているが、その言葉だけはどうしても許せなかった。

「お父様のお見舞いには行かないのですか？」

彼女は眉を寄せ、うっとうしそうに言い捨てた。

「ずっと寝たきりで、喋ることもできないじゃない。見舞いなんか行っても、時間の無駄でしょう」

「お父様に対して、愛情はないのですか？　お父様はあなたのために、病気になって血を吐いて倒れるまで毎日働き続けたのですよ⁉」

すると義母は、私を睨みつけて低い声で恫喝した。

「あの男の作った借金は、まだ残っているのよ。じゃああんたが代わりに遊郭で働いて借金を返せば？　あんたなんか、朔夜の血を引いていなければ今頃売り飛ばされてもおかしくなかったのよ！」

私は怒りにまかせ、義母のことを椅子から突き飛ばした。

椅子から転び落ちた義母は、鬼のような形相になり叫んだ。

「何をするのっ！」

私を捉えようと手を伸ばしたけれど、私は走って屋敷を飛び出した。

「絶対に許さない」と叫ぶ声が、屋敷の廊下まで響き渡っている。

逃げれば結局、戻った時に今まで以上に酷い目にあう。

そう分かっていても、どこか遠くへ逃げ出してしまいたかった。


私は屋敷から少し離れた場所にある、小さな山へと向かった。

義母が外出している時は、私は屋敷の人々の目を盗み、時折この山を訪れていた。

朔夜の異能は、草花に強く結びついている。

それ故、緑が多い場所にいると心が穏やかになる。

私が獣道を泣きじゃくりながら歩いていると、いつもと違い、草花が何やら騒がしいことに気づく。

楠の木が、私に囁きかけた。

『椿、こちらだよ』

私は草木の声を聞くことができた。これは朔夜の異能のおかげだろう。

屋敷から出られず、友人を作ることも許されない私にとって、草花の声は救いだった。
楠の木の声に導かれるように、奥まった場所へ進んでいった。
すると茂みの中に、銀色の毛並みの何かがうずくまっているのが見えた。
「何かしら、あれ……」
最初は大きな犬かと思った。
しかし、その銀色の毛並みと赤い瞳、鋭い牙はもっと獰猛な生き物に思えた。

――狼だ。

こんな場所に狼がいるなんて、聞いたことがない。
しかも、その狼は何やら黒い靄（もや）のような物をまとっている。
私は一歩、また一歩とその狼に近づいた。
嗅覚が鋭いのか、狼の方もすぐに私に気づき、鋭い眼光でこちらを睨む。
私と銀色の狼の視線が合った瞬間。
互いの間にビリッ、と電気でも流れたような衝撃が走った。
――何、この感覚は。

身体中のすべての細胞が、「彼だ」と叫んで暴れているようだった。

気のせいかと思おうとしたが、狼も怪訝な表情をしている気がする。

狼は起き上がり、こちらを警戒する姿勢を取ろうとした。だが、顔を歪めてその場にうずくまる。

観察するうちに、狼が腹から血を流しているのだと気づく。怪我をしているようだ。

それに、顔の右半分——いや、狼の右半身が、黒い影に覆われている。影の部分だけ血管が浮き出て、まるで別の生命のようにどくりどくりと脈打っている。

何だろう、あの影は。気味が悪い。

私は恐る恐るその狼に近づき、声をかける。

「怪我をしているの?」

別に、返事があると期待していたわけではない。

だが、低い声が返って来た。

「近寄るな!」

その声に、驚いて尻餅をつくかと思った。

銀色の獣は、たしかに人語を話した。

私は目を瞬き、銀色の狼をじっと見つめた。

「あなた、言葉が話せるのね」

狼はうずくまり、小さく震えている。

私は銀色の獣にそっと手を伸ばした。

――その瞬間。

狼の鋭い爪が、俊敏な動きで風を切る。

最初、自分の身に何が起こったのか理解できなかった。

数秒後、私の左腕に一筋の赤い糸のような傷がついていた。

そこから血がぽたぽたと流れ落ちる。

ああ、あの爪で引っかかれたんだ。

そう理解してからも、私はその場で立ち尽くしていた。

「俺に近づくなっ！　これ以上近づくと、噛み殺すぞ！」

狼は息を荒く吐きながら、警戒するように姿勢を低くして、こちらを睨んでいる。

私は困惑しながらも、狼に一歩近づく。

「おい、聞いているか!?　怪我をさせられたのに、どうして俺にかまう！」

「……だってあなた、怯えているもの」

そう答えると、狼はハッとしたように目を見開く。

狼は、怖がっていた。

私は銀色の狼を、そっと両腕で抱き締めた。

首を噛みきられるかもしれないという思いが過った。だが別に、死ぬのは怖くなかった。生きていても、いいことなんて何もないのだから。義母にいじめられて死ぬくらいなら、今狼に噛まれて死んだ方がましだとすら思った。

けれど、狼が再び私を襲うことはなかった。

狼の震えが収まる。

しかし表情には、まだ警戒の色が残っていた。

「ねえ、怪我をしているのでしょう。せめて、治療をさせて」

そう告げると、狼は私の腕の中でくぐもった声で喋る。

「お前に何ができる」

口調は相変わらず厳しいものの、声音はほんの少し警戒が解けたように聞こえた。

「近くに蓬（よもぎ）が生えているはず。よかったわ。蓬の葉は、薬になるから」

私は狼から離れ、周囲を探した。

茂った草花の中に、ぎざぎざとした葉を見つける。

「少し力を貸してね」

私が蓬の葉に触れ力を込めると、しゅるしゅると葉が成長し出した。

狼は驚いたように目を見張る。

「神薙には異能を使える人が多いけど、私も使えるの。私が力を込めれば、草木は癒やしの力を持つ。だけど、さすがにこの傷痕を塞げるほどではないから、きちんと病院で治療してね」

「……お前、朔夜の人間か」

その言葉に、今度はこちらが驚く番だった。

「朔夜のことを知っているの？」

「神薙の御三家のひとつだろう。草木を扱う異能は、朔夜の人間と決まっている」

「詳しいのね、狼さん」

「俺のことを狼さんと呼ぶと来たか。たいていのやつは、姿を見れば悲鳴をあげて逃げていくのに。おかしな女だ」

私は笑いながら、狼の前に跪き、怪我の周囲に葉をまいた。

そして、顔の右半分の黒い影に触れる。

「おい、触れるな！　浸食されるぞ！」

「これ、悪いものなのね」

今まで見たことがないけれど、病気なのだろうか。

私は「病気よ消えろ、消えろ」と念じながら彼の顔を撫でる。

「おい、だから触れるなと……！」

どのくらいそう念じていただろうか。

ある瞬間、確実に手応えがあった。このまま続ければ、この影が消せるだろうという。

その直感のとおり、影に触れ続けると、やがて黒い影は消え去っていった。

右半身の影がなくなると、彼はさらに毛並みの美しい狼になった。

狼は信じられないという様子で叫んだ。

「お前、今何をした？」

「え？　薬草を……」

「いや、それだけで獣憑きが収まるわけがない！　まさか消し去ったのか？　お前の力で……？」

「私にもよく分からないけれど、病気が治ったのかしら。よかったわ」

そう言って立ち上がろうとした瞬間。

目眩がして、よろけてその場に座り込んでしまった。

「おい、どうした!?」

「なんだか、力を使いすぎたみたい。たまにこうなるの。心配しなくても、座っていればすぐに治るわ」

狼は心配そうに、私の周囲をぐるぐると歩く。

「悪いもの、なくなってよかった。怪我はまだ痛い？」

「俺のことより、自分の腕を気にしたらどうだ」

そう言われるまで、私は自分の腕の怪我のことをすっかり忘れていた。引っかき傷からは、相変わらず血が流れ続けていた。

くすりと笑って答える。

「心配してくれているの？　ありがとう、狼さん。そうね、後で自分の腕にも蓬を巻いておくわ」

そうしてしばらくの間、狼と他愛ない話をした。

やがて日が暮れてきて、狼は言った。

「俺はそろそろ行く」

「……そうなの」

久しぶりに話し相手を得た私は、狼との別れを寂しく思った。

「また会える？」

そう訊ねると、狼は優しく微笑んだ。

「ああ、今日の恩は必ず返す」

恩を返されるほどのことはしていないけれど、もしまた狼さんと話せるのなら嬉しい。

私がよほど悲しい顔をしていたからか、狼は噛み締めるように呟いた。

「そんな顔をするな。お前が俺の運命なら、きっとまた会うことになる」

どういう意味だろう。聞き返す暇もなく、狼は踵を返し、走り出す。

「さよなら、狼さん」

私は去って行く銀色の狼の後ろ姿を、いつまでもいつまでも見送っていた。

不思議な狼との出会いですっかり忘れかけていたけれど、屋敷に戻れば義母に反抗したことへの制裁を受けるはずだ。どんな仕打ちをされるのかと、想像しただけで胃が痛くなった。このままどこか遠くへ逃げてしまいたい。

日が沈み、すっかり夜が深まるまで山にいたが、さすがにずっと帰らないわけにはいかないだろう。

のろのろと屋敷に戻り、憂鬱（ゆううつ）な気持ちで屋敷の前に佇んでいると、私を見つけた使用人のひとりが叫んだ。

「椿さん！　こんなところにいたんですね。大変なことが起きたのです！」

慌てふためいた使用人の様子に、どれほど義母が怒っているのだろうと案じながら問いかける。

「大変なことって？　お義母様が怒っているの？」

「いえ、違うんです！　真神家の次期当主から、椿さんを婚約者にしたいと連絡があったんですよ！」

私はその言葉に目を瞬いた。

「真神家の次期当主？」

「椿さん、真神様と会ったことがあるんですか？」

「まさか。一度も会ったことなんてないわ」

だが、神薙に住む者で、真神の名を知らない者はいないだろう。

表の御三家が朔夜、迦具羅、國水だとすれば、天ツ国には『裏の御三家』と言われている、神々の御三家が存在する。

それが真神、龍宮、玉藻の三家だ。

それぞれが狼、龍、狐の神の血筋だったはずだ。

神の方が立場は上なのだから、本来「裏」なのは神薙に住む私たちの方だと思うけれど、何せ普通の人間には滅多に関わりがないものだから、そんな通称で呼ばれている。

　頭の中は疑問でいっぱいだった。

　どうして会ったことも見たこともない、天ツ国でも一番偉い神様の次期当主が、私と婚約したいなどと言い出したのだろう。

　そう考えていると、義母が屋敷から飛び出してきた。

　軒先で会話していた私と使用人の姿を見つけると、義母は私の腕を強く引いた。

「椿、こんなところにいたの！　真神様が、あんたと婚約したいと言っているのよ！」

「きっと何かの間違いです」

「たしかにおかしな話よ。だけどあんたのことを、運命の番(つがい)だって言ってるの！」

「運命の番……？」

　その言葉に、昔母から聞いた話を思い出した。

　天ツ国に住まう神様には、生まれつき運命の花嫁となる、『番』という特別な人間がいるらしい。強い異能を持つ一族は、神様の番として生まれやすいのだとか。

　運命の番は、本人の意志とは関係なく、出会った瞬間強く惹かれあい、結ばれる運命にあるという。それを聞いて、私は少し恐ろしいと思った。

「あれはただのおとぎ話ではないのですか？」

するると、義母は目の色を変えて叫んだ。

「間違いだろうがおとぎ話だろうが、どうでもいいわ！　あの真神の次期当主と婚約すれば、権力も財産も手に入るのよ！　この機会を逃してたまるもんですか！」

私はそんな義母を心底軽蔑したが、真神との婚約は私にとってありがたい申し出だった。権力や財産などどうでもいいが、真神の元へ嫁げば、私はこの屋敷から出ることができる。そもそも私に拒否権などないのだ。

そうして数日後、私は真神家の次期当主である、真神統真様と正式に婚約が決まった。

真神家の婚約者となれば、さすがに義母も私を無下に扱うわけにはいかないようだ。

統真様との婚約後は、明らかに義母の態度が軟化した。

廊下ですれ違った時、嫌味は言われるが、それ以上のひどいことはされなくなった。

これは日々義母に怯えていた私からすると、大変ありがたいことだった。

そして苦痛ばかりだった生活の中にも、唯一楽しい時間ができた。

それは、統真様からの手紙を読む瞬間だった。

私の誕生日や年の変わり目など年に数回、統真様から祝いの手紙が送られてきた。

「統真様からの手紙……！」

使用人から手紙を渡される度、私の心は弾んだ。

その頃には私の部屋も、屋根裏から物置に少しだけ格上げされていた。正座して封筒を丁寧に開く。

女学校に通っていない私は、最初文字が読めなかった。

「統真様からもらった手紙が読めないので、返事が書けません」

そう告げると、義母は忌々しそうに舌を打ち、私に文字の読み書きを教えるよう使用人のひとりに言いつけた。

文字を教わり、私の世界は広がった。

統真様の手紙を初めて自分で読めた日は、心が躍った。

手紙の内容は形式的な挨拶と、祝いの文が数行。いつもそれだけだった。

肝心の統真様本人がどんな人なのか、彼が日々をどのように過ごしているかは、ちっとも分からなかった。

彼の美しい字を見つめながら、考える。

統真様は、いったいどんな人なのだろう。彼は私より、四つ年上らしい。それ以外は、何も知らない。

一族の決まりで、統真様とは私が婚姻できる十六歳になるまで会うことが禁じられている。だから婚約が決まって数年経った今も、私は彼の顔を見たことがない。

想像しながら、内容をすべて暗記してしまえるくらい、何度も何度も彼からの手紙を読み返した。

お母様に譲っていただいた宝飾品も含め、私が持っていた価値のあるものはすべて義母によって売り払われた。

そんな中で、統真様の手紙だけは没収されることがなかった。

さすがの義母も、天ツ国で大いなる力を持つ真神家の怒りに触れるのが恐ろしいのだろう。

真神家の次期当主からの手紙を無下に扱ったなどと知られれば、どんな罰が与えられるか分からないと思っているらしい。

お父様は、依然として意識が戻らないままだ。

孤独に押し潰されそうになった時、私はいつも統真様の手紙を読み返した。

「私は今十二歳だから、あと四年か……」

真神の家に嫁げば、こんな孤独はなくなるのだろうか。

◇◇◇

統真様と婚約が決まってから、いくつも季節が移り変わった。

私はこの春、十六歳になる。

統真様が「運命の番」を迎える、特別な日がやってくる。


統真様は気難しく、冷徹無比だという噂だった。

最近では天ツ国から神薙へ降りる神様の姿を時折目にするようになったけれど、統真様は人間の前にはまったく姿を現さない。


ある日の午後、義母と沙彩が応接間で茶を飲みながら話していた。

「椿はすぐに真神様の屋敷を追い出されて、捨てられるかもしれないわね」

義母に続き、沙彩も嘲笑いながら言った。

「そもそも、本当にお姉様が運命の番なのかしら。何かの間違いじゃない？　それに天ツ国に行った花嫁がその後どうなっているのかなんて、分からないわよね。神様の花嫁なんて建前で、生け贄（いけにえ）にされているって噂も耳にしたけれど。実際のところはどうなのかしらね」

義母は私に命令する。

「椿、お茶が温（ぬる）いわよ。新しいものを持って来なさい！」

「はい、ただいま」

私は急須を持ち、急いでお湯を沸かしに行く。

応接間を出て行く間にも、彼女たちの会話は耳に入ってきた。義母は高笑いしながらこちらに向かって呼びかけた。

「もし真神様に捨てられて戻って来ても、もうあんたの居場所はないわよ！」

向かいに座っていた沙彩が同じように笑う。

「あらお母様、それでは可哀想よ。せめてお姉様を納屋に住ませてあげて？」

「沙彩は本当に優しい子ね」

私は心を殺し、そんなふたりの会話を黙って聞き流していた。


深夜になり、仕事が終わると私は自分の部屋に戻り、統真様のことを考えた。

明日はとうとう統真様が訪れる約束の日だ。

義母たちの言うとおりかもしれない。

統真様に運命の番として選ばれた理由は、未だに分からない。

結婚すれば、もしかしたらこの屋敷にいるより、さらにひどい環境になる可能性だってある。統真様の屋敷にも義母と同じように冷たい仕打ちをする人間がいるかもしれない。私が運命の番というのは間違いで、すぐに必要なくなって追い出されるかもしれない。沙彩の噂話のように、生け贄にされることもありえるのだろうか……。悪い想像をすればきりが無い。

それでも私は、自分の荷物を風呂敷にまとめた。

と言っても、荷物は着古した着物くらいだ。

真神家から、すぐに追い出されてしまってもかまわない。この屋敷から出て行けるのなら、ありがたいくらいだ。

お父様の病状だけが長年気がかりだったけれど、結局回復することはなく、ついに息を引き取った。

お父様の借金は、真神様が結婚の支度金として支払ってくれたという。どうしてそこまでしてくれるのだろうか。せめて、その恩の分だけは働いて返さないと。

もし真神家を追い出された時は、勇気を出して朔夜の本家を頼ってみよう。

朔夜の本家からも必要ないと言われたら、どうにかしてどこか遠い街でひとりで生きて行こう。

私には異能以外に取り柄はない。教養もないし、仕事が見つかるかは分からない。

だがたとえ飢え死にしたとしても、もう二度とこの屋敷には戻らないだろう。
私は荷物の上に、統真様から送られた手紙を置いた。
そして手紙の束の上に、一枚の写真を置く。お母様とお父様、私が三人でうつってい
る唯一の写真だ。幸せだった頃を思い出し、溜め息をつく。
私が今持っているもので大切な物は、この手紙と写真だけだ。
この屋敷には、何の未練もない。

◇◇◇

背が高く、美しい男が黒塗りの車から降りる。

彼の髪の毛は銀色で、瞳は宝石のような赤だった。

真神統真は椿が住んでいるはずの屋敷を見上げ、ぽつりと呟いた。

「ここか」

統真の運転手である老人、八雲(やくも)が呼び鈴を鳴らし、屋敷の使用人に挨拶をしている。

和服姿の統真が廊下を歩くと、周囲にいた人々はみな彼の方へ視線を向けた。

彼の周囲の空気すら、凛として澄み切っているようだった。

今日統真が屋敷を訪れるということは、何ヶ月も前に連絡があり皆に伝わっていた。

麗子と沙彩は統真の姿を見つけると、彼の美しさに思わず息をのんだ。

麗子が媚びを売るような笑顔で、統真の元に歩み寄る。

「真神様ですね。お待ちしておりました」

統真は小さく頷き、興味がなさそうに呟いた。

「ああ」

沙彩は目を見開き、母に向かって興奮したように声をあげる。

「こんなに綺麗な人、キネマのスターでも見たことないわ！」

統真の前に沙彩が飛び出し、彼の気をひこうと声をかける。

「あっ、あの……」

統真は進路を遮られ、不愉快そうな表情で足を止めた。

「何だ」

「あなたは、本当にお姉様と婚約するのですか？　運命の番というのは、間違いではないのですか？」

沙彩は幼い頃から、自分の美貌に自信があった。

もしかしたら、自分の存在を知ればこの美しい男は、婚約者を椿から自分に変えてくれるかもしれない。そう考えた。

だが統真は氷のように冷たい瞳で沙彩を一瞥した後、まるで彼女の姿が見えなかったかのように無視して、横を通りすぎて行く。

我が物顔で堂々と屋敷の廊下を歩き、階段をのぼって、椿の姿だけを探している。

その姿に、沙彩はわなわなと拳を震わせた。

それは今まで蝶よ花よと大事に育てられてきた沙彩にとって、初めての屈辱的な扱いだった。

「なっ……！　何よあの男！　このあたしが声をかけているのに！」

麗子は真っ青になり、沙彩の口を手で塞いだ。

「沙彩、真神様には決して無礼な真似をしてはいけないわ！　真神家は、神薙を……いえ、この国を、裏から統べる方なのよ。彼の怒りに触れれば、どんな災いがあるか分からない」

沙彩は自分のワンピースの袖をぎゅっと握り締める。怒りと悔しさで、全身が震えていた。

「あれが本当に真神様なの!?　だって、人前にまったく姿を現さないから、醜男だって噂だったじゃない！」

「沙彩っ！」

叱りつけられ、沙彩は顔を歪め、歯を食いしばった。

「あんな綺麗な男が椿の婚約者!? 何かの間違いでしょう！」

◇◇◇

その頃私は自分の部屋で、ぽつんと床に座っていた。

いつもと違うのは、統真様が訪れるので、さすがにみすぼらしい格好でいるわけにもいかず、義母から与えられた新しい着物を着ていることだった。

着慣れない着物のせいもあり、朝からずっと落ち着かない心地だった。

だが統真様が屋敷に入って来た瞬間、全身の血がざわめいた。

先ほどから、屋敷の中が騒がしい。

けれど目で見なくとも、声を聞かずとも、彼が近くにいることはすぐに分かった。これが運命の番が惹かれ合う力なのだろうか。

私は目蓋を閉じた。

……来る。

あと、数歩の距離だ。

足音で、彼が部屋のすぐ前の廊下を歩いているのが分かる。

やがて部屋の扉が開いた。

瞬間、時が止まったように思う。

「……統真様」

互いの間に、電気でも流れたような激しい衝撃が走る。

私は過去に一度、今と同じような感覚を味わったことを思い出した。

不思議な狼と出会った時、似た感覚があった。

「……狼さん？　あなたはあの時の、銀色の狼さんですか？」

そう訊ねると、彼は少し眉をひそめた。

「そうだが。言っていなかったか」

言ってない！

そう叫びたかったけれど、さすがに言葉を慎んだ。

何年も疑問だったことが、ようやくほんの少しだけ理解できた。

私はじっと彼の姿を見つめる。

統真様の珍しい銀色の髪も、そう考えると銀色の狼の毛並みと似ているように見える。

神々しささえ感じる、整った顔立ち。

冷たく感情のない赤い瞳は、何を考えているのか分からない。

数年ぶりの再会だが、彼はにこりとも笑わなかった。

しかし、両腕でふわりと優しく私を抱き上げた。

「と、統真様!?」

身体が持ち上げられ、驚いて彼の着物の袖にしがみつく。

足元に置いてあった風呂敷を見て、彼は淡々と問いかける。

「荷物はその包みひとつか?」

「は、はい。そうですが……」

「ずいぶん少ないな」

彼の赤い瞳が、射貫くようにこちらを見つめる。

「迎えに来たぞ、俺の運命」

そう言われた瞬間、胸が大きく鳴った。
統真様は私を両手で抱きかかえたまま、悠々と階段を下りてゆく。
危ないのではと思ったが、彼は何でもない表情で、軽い足取りで進む。
「あ、あの、統真様、私自分で歩けます！」
「この方が早い」
統真様に付き従うように、黒い洋装の老人が続く。
老人は私たちの様子を見ていた義母と沙彩に、深いお辞儀をした。
沙彩が鬼のような形相でこちらを睨んでいるのに気づき、私は視線を逸らした。
私は統真様の車の後部座席に下ろされた。
自動車に乗るのなんて、初めてのことだった。
老人が運転席に乗り込む。どうやら彼が運転手らしい。
私は黙って、小さくなっていく長谷川の屋敷を眺めていた。

一章

屋敷を出発してから、どのくらいの時間が経っただろう。

義母と沙彩の姿が見えなくなり、私はようやく安堵することができた。

私は助手席に座っている統真様に声をかける。

「車で移動するのですね」

「予想外だったか？」

「はい。神様なので、もっと……」

天ツ国は、天上にあるという話だ。てっきり空を飛ぶ神輿(みこし)でも迎えに来るのかと思っていた。だがさすがに呆れられそうで、口にすることはできなかった。

「別に、神と言っても生活は普通の人間とあまり変わらない」

「そうなのですね」

「ああ。もう人との区別はないようなものだ。だからお前も、俺を人だと思ってかまわない」

やがて、車は大きな鳥居をくぐり抜けた。

その瞬間、周囲の光景が一変する。

どうやらあの鳥居が結界だったらしい。私たちは神々が住まう土地、天ツ国に到着したようだ。

運転手のおじいさんが、優しい口調で告げた。

「ここが統真様の屋敷です」

その屋敷の大きさに、私は言葉を失う。

統真様の屋敷は純和風だった。立派な木製の門扉をくぐると、瓦葺きの屋根が見える。

導かれるままに玄関を上がり、磨き抜かれた長い廊下を歩く。

少し歩いただけでいくつも部屋があるのが分かる。一階だけでも広いのに、二階と地下に続く階段まであるようだ。

大きく開かれた縁側に面した庭は、石や砂を用いた美しい枯山水で飾られている。

さらに門の向こうには裏庭があり、花や樹木が豊かに実っている。規模を考えると、もはや森に近い。

この広大な屋敷が、統真様の物だとは。

「この周辺の敷地はすべて真神の物だ。ここは別邸だから狭いがな。本邸はこの数十倍の広さはある」

この広さで狭いとは、いったいどうなっているのだろう。

義母の屋敷だって、神薙では一番と言っていいほど大きく立派だった。けれど、それとは比べものにならない。

和風の部屋からはい草の香りがする。父と母と三人で暮らしていた時はずっと畳の部屋で過ごしていたので、畳の香りは落ち着く。

真神家の屋敷の中には、洋風の部屋もいくつかあるようだ。最近流行している和洋折衷というものだろうか。

応接間は洋風で、ベージュのカーテンがかかり、丸いテーブルの周りには革張りのソファが置かれている。部屋の照明は花の蕾の形をしたシャンデリアだった。他の部屋と雰囲気ががらりと変わったので、なんだか別の空間に迷い込んだような気になる。

「そこに座れ」

統真様に言われ、私は返事をしてソファに腰掛ける。ソファは沈み込むように柔らかかった。

統真様も私の向かいに座ったが、緊張で何を話せばいいのか分からない。

彼が幼い頃に出会った狼だということは分かったけれど、やっぱり私が神様の番だなんて、間違いだと思う。

それにこの人は、本当にあの時の狼なのだろうか。

今の統真様は、なんだか遠い。目の前にいても、どこか遠くを見つめ、まったく別のことを考えているように見える。

幼い頃の彼は、私が怪我を治してから、屈託ない様子で話をしてくれた。

何年も経つのだから、昔と性格が変わって当然だろうか。

私たちが黙って向かい合っていると、先ほど運転手をしていたおじいさんがお茶を持って来てくれる。

「どうぞ、おくつろぎください」

「ありがとうございます」

統真様は彼のことを紹介してくれた。

「使用人の八雲だ。主に運転手の仕事をしている。何かあったら、八雲に聞けばたいていのことは分かるだろう」

八雲さんは白髪で白い髭をたくわえ、優しげな顔で、見るからに好々爺という雰囲気だった。

彼は目を細めて微笑み、丁寧にお辞儀をする。

「八雲と申します。よろしくお願いいたします、椿様」

「は、はい」

私がそれだけ答えると、八雲さんはまたお辞儀をして、部屋から出て行った。

統真様は淡々とした様子で告げた。

「二階に上がってすぐのところにあるのが、お前の部屋だ。好きに使え」

「はい」

「他に何か聞きたいことはあるか？」

「聞きたいこと……」

一呼吸おき、私は顔を上げて彼を見つめた。

「あの、お伝えしたいことがあります」

統真様は抑揚のない声で答える。

「何だ」

「父の借金を、真神様が立て替えてくださったと聞きました」

「ああ、そんなこともあったな」

「私、そのお礼とお詫びをしなければいけないと考えていて」

すると統真様は、ピシャリと言った。

「必要ない」

「けれど、そういうわけには……」

「妻になる女の家族のことだ。お前が何かしないとと思う必要はない。この話は二度とするな」

彼は有無を言わさぬ雰囲気で、氷のような視線を向ける。

その視線に負けないよう、言葉を続けた。

「では私はここで、何をしたらいいですか」

数秒の間、沈黙が落ちる。

やがて統真様は、冷たく言い放った。

「何もしなくていい。この結婚に、愛はない」

予想していた言葉だ。

彼はやはり番の制度で、私を結婚相手に選んだ。

そこに愛はない。何の感情もない。

むしろ私のような女との結婚なんて、煩わしいと思っているのだろう。

もしかすると、統真様には他に愛しく思う女性がいたのかもしれない。

予想どおりだったのに、彼の言葉が鋭い刃物のように深々と胸に突き刺さった気がした。

「……あなたが私を嫌いでも、私はあなたを好きになりたいです」

彼は一瞬、驚いたように目を瞬いた。

「俺を好きになるだと？　どうしてそんなことを言う」

「運命の番は、一生変えられないものなのですよね？」

「そうだ。運命の番は、互いにこの世でひとりだけの存在だ。生まれ落ちた瞬間に相手が決まり、死がふたりを別つまで逃れられない。たとえ、どれだけ離れたいと望んだとしてもだ」

私は彼の言葉に頷いた。

「とはいえ、俺たちはまだ正式な番ではない」

「そうなのですか？」

「俺がお前のうなじに噛み痕をつけると、正式に番の契約が結ばれる」

私は思わず自分の首筋に触れた。

首の後ろを噛む。やはり、痛いのだろうか。

私の考えが伝わったのか、統真様は冷たく言い放った。

「心配するな。そんなことにはならない。お前はただ、ここにいるだけでいい。形だけ夫婦になっていれば、文句は言われないだろう」

「……けれどずっと側にいるのなら、形だけの夫婦なんて悲しいです」

統真様は、しばらく黙ってこちらを睨んでいた。

やがてふいと顔をそらす。

「無駄な考えは捨てろ」

不愉快そうに呟いて、別の部屋に消えてしまった。

取り残された私は、じっと足元を見つめていた。

やっぱり私がここに来たのは、迷惑だったのかもしれない。

それでもいい。今はただ迷惑だと思われていても、せめて使用人として置いてやってもいいと思われるくらいには、きちんと働こう。

統真様がいなくなってから、階段を上がり、私の部屋だと言われた部屋の扉を開いた。

「ここかしら……」

桃色と白を基調にした洋風の部屋だ。二十畳くらいはあるのではないか。

その広さと豪華さに驚いて、一度扉を閉めてしまった。

「本当にここが私の部屋？」

私は再度扉を開き、そっと中を覗いてみる。

長谷川の家では、私の部屋は屋根裏か日当たりの悪い物置で、足を真っ直ぐに伸ばして眠ることすら叶わなかった。そんな私にとって、ここは天国のような場所に思えた。レースのカーテンに、落ち着いた花柄の壁紙。机や椅子の柱にも愛らしい装飾が入っている。

「まるでお姫様が暮らしている部屋みたい」

私が広い部屋をぼんやり眺めていると、弾むような軽い歩調で廊下を歩いてくる音が聞こえた。統真様でも、八雲さんでもなさそうだ。では、誰だろう。

考えながら振り返る。開けっ放しだった扉の前に立っていたのは、おかっぱ頭の知らない少女だった。

「どうもどうも、椿様。こんにちは！」

若草色の和装に白いレースのエプロンを重ねている姿は、まるで喫茶店のウエイトレスのようだ。実際に喫茶店に行ったことはないので、新聞で見ただけだけれど。

少女は糸のように細い目をしている。

「あなたは？」

「椿様のお世話係をつとめさせていただく、弥子（やこ）と申します。ここで使用人として働いています」

背丈は私の胸辺りで、小柄だ。年齢はどう上に見積もっても、十歳くらいにしか見えない。

彼女が使用人？

何十年も前は子供が借金のかたに売られ、使用人として働かされることも多かったようだが、現在は法律で禁止されているはずだ。そもそも弥子の雰囲気には、そういう悲壮感のようなものは一切ない。

親戚の子供か何かが、家の中をうろちょろと遊び回っていると言われた方がよほどしっくり来る。

弥子はにこにこと私を見ている。

だが愛らしい見た目に反し、その笑顔はなんだか老人めいた、ただならないものを感じさせる。何度も修羅場をくぐり抜けてきたかのような、底知れなさがある。

ピンと来る何かがあって、私は呟いた。

「……あなたも狼なの？」

「やや、さすが椿様！　ご名答です。弥子にも、狼の血が流れております」

そう言った瞬間、弥子の頭に銀色の獣耳が生え、腰からもふさふさした尻尾が生える。

「椿様は、獣人はお嫌いですか？」

「ううん、ちっとも。とても愛らしいと思うわ」

「よかった。椿様に嫌われたら、どうしようかと思っておりました。隠すのも疲れますので、屋敷の中では耳と尻尾を出していてもよいですか？」

「ええ、あなたがその方が楽なのなら」

「さすが椿様！　お優しい」

「あの、弥子……さんは」

「弥子とお呼びください。その方が弥子も嬉しいです」

「分かったわ。弥子は今いくつなの？」

そう問いかけると、彼女は難しい顔で首を捻った。

「そうですねぇ。実際の年齢にすると、もう百歳を超えていますが」

その返答に私は目をむいた。

「ひゃ、百歳!?」

「はい、弥子は八雲よりも年上ですから。獣人は、若く見えるでしょう？」

若く見えるどころの騒ぎではない。

「……やっぱり弥子さんと呼んでいいかしら」

「弥子でいいです」

規格外の年齢には驚いたが、義母の屋敷の使用人たちには腫れ物に触るような態度を取られていたので、弥子が普通に話してくれることが嬉しかった。

「統真様は、ずっと椿様が来られるのを楽しみに待っていたのですよ」

あの態度では、そうは思えないけれど……。

きっと弥子は私のことを気づかってくれているのだろう。

私の考えが伝わったのか、弥子は念を押すように付け加えた。

「その証拠に、椿様の部屋の家具は統真様が揃えたのですよ！」

「えっ、この部屋を統真様が？」

「はい。最近の女子はどのような部屋が好きなのかと悩んでおりました。弥子と八雲もお手伝いしましたが、熱心に考えておられましたよ」

統真様がこの部屋の可愛らしい机や壁紙を選んだのかと考えると、思わず笑みがこぼれた。

「弥子は統真様と八雲さんと、こんな広いお屋敷で三人で暮らしていたの？」

「はい。昔は他にも何人か使用人がいたのですが。統真様は厳しい方ですから、気に入らない使用人は全員首にしてしまったのです」

その様は容易に想像がつくような気がした。

「そうだったの……。じゃあ、私も追い出されないように頑張らないとね」

そう答えると、弥子はおかしそうにころころと笑う。

「椿様が追い出されることなど、絶対にありませんよ。だって統真様の愛しい方ですから」

彼女が自信満々に答えるのが不思議だった。

「ちなみにこの部屋、他の物は色々あるのに寝台がないようなんだけど……」

義母の屋敷では「お前の寝る場所などない！」と答えられてもおかしくなかったが、まさかここまで家具を揃えてくれて、眠る場所がないとは言われないだろう。

「夫婦の寝室はあちらです。廊下を進んだ奥の部屋です」

その言葉に目を瞬く。

「えっ!?　統真様と同じ部屋なの!?」

「はい。おふたりはご夫婦なのですから当然でございましょう」

「で、でも祝言はまだ挙げていないし……」

私が混乱していると、下から八雲さんが弥子を呼ぶ声が聞こえた。

「それでは椿様、弥子は仕事がありますので。椿様はごゆるりとお過ごしください」

そう言い残し、弥子は部屋を出て行ってしまった。

弥子が作ってくれた夕餉を食べ、風呂に入るとあっという間に一日が終わっていた。

「寝室はあちらです」と弥子に教わった部屋の襖を開く。

最初に、着物姿の統真様の姿が見えた。

「ごめんなさい、部屋を間違え……」

ましたと言い終わるか終わらないかの時、畳の上に二組並んだ布団を見て、思わず硬直する。

私がどうしていいのか分からず畳の上に立ったままでいると、統真様は何事もなかったかのように自分の布団で横になる。

しばらくして、不機嫌そうな声で呟いた。

「……眠らないのか？」

「えっ。あ、あの、私もここで眠ってもいいのですか？」

戸惑いながら問いかけると、淡々とした声が返ってくる。

「分かりきったことを聞くな」

「申し訳ありません……」

私は緊張しながら、もう一組の布団に潜り込んだ。

統真様は無言で、こちらに背を向けた姿勢で横たわっている。

おそらく私のことなど、近くにいてもいなくても、何とも思っていないのだろう。

勝手に色々考えてしまって、恥ずかしい。

「明かり、消しますね」

私は部屋の照明を落とした。

「おやすみなさい、統真様」

一応声をかけるが、やはり彼の返事はない。

私は落ち着かない心地で、目蓋を閉じた。


——小鳥の囀り（さえず）が聞こえる。

今までにないことだったので、不思議に思いながら目蓋を擦る。

障子の向こう側から射し込む光に、やはり不思議だと思う。

私の朝はいつも薄暗く日当たりの悪い、埃っぽい物置で始まるからだ。

瞬きをすると見覚えのない板張りの天井が見えて、一瞬ぎょっとした。

そして、統真様の屋敷に住みはじめたことを思い出した。

初めて来た場所だし、緊張しているから眠れるだろうか。

昨晩、そう悩んでいたのが嘘のようだ。柔らかくて寝心地のいい布団だったから、ぐっすり眠ってしまった。

ハッとして隣を見ると、統真様の姿はすでにそこにない。綺麗に畳まれた布団だけが残っていた。

「統真様？」

部屋の窓を開き、昨日車が停まっていた場所を確認してみる。やはり、そこはもぬけの殻だった。

少し前、小さな物音が聞こえた気がしたけれど、統真様はその時外出してしまったようだ。

私は寝室を出て、焦りながら廊下を歩く。

主人の見送りもしないで、眠り込んでいるなんて……。

妻だなんて思われていないだろうけれど、使用人としても失格だろう。

私は反省して小さく溜め息をつきながら、一階へ下りた。

玄関の扉を開き外に出ると、側で弥子が掃き掃除をしている姿が見えた。私は彼女に声をかける。

「おはよう、弥子」

春先とはいえ、朝の空気はまだ少し冷たい。

「椿様、おはようございます。昨晩はよく眠れましたか？」

「ええ、それはもうぐっすり。あんな寝心地のいい布団、生まれて初めてだわ。羽根に包まれているようだった」

「ふふ、それはようございました」

「統真様、出かけてしまったのね」

「はい。統真様はお仕事に向かいました」

「八雲さんも一緒？」

「そうです。いつも車を運転して、統真様を屯所までお送りしてから帰ってきます」

「お見送りできなかったわ……」

私が落ち込んでいるのが分かったのか、弥子はころころと笑って励ましてくれた。

「平気ですよ、統真様はそんなことを気にする方ではありません。寂しがってはいるかもしれませんがね」

その言葉に、ぱちぱちと目を瞬く。

「寂しがっている？　そんなことはないと思うけど……」

厳しい方で使用人を何人もやめさせたと言っていたから、てっきり怒られるかと思っていた。

「統真様は、何のお仕事をしているの？」

よくよく考えれば、私は統真様のことを何も知らない。

仮にも妻だというのに、主人の仕事すら知らないのはいかがなものか。

すると弥子は瞳をきらきら輝かせ、悪戯を思いついたように笑った。

「椿様、今日のご予定は？」

「予定はないわ、何も。私、何をしたらいいのかしら。お手伝いできることはある？」

弥子は俄然わくわくした口調になって言った。

「では椿様、玻璃宮に行ってみませんか？」

「玻璃宮と言うのは？」

「天帝のお膝元で、天ツ国で一番栄えている街です」

「統真様はそこにいるの？」

「はい。毎日玻璃宮にある屯所で働いております。椿様、天ツ国に来たばかりだから、街のことが分からないでしょう。弥子が案内してさしあげます。それに、運が良ければ統真様に会えるかもしれません」

迷惑をかけてしまうのでは……と少し悩んだが、結局統真様に会えるかもしれない、という気持ちが勝った。

「それなら、ぜひ一緒に行ってほしいわ」

弥子が作ってくれた朝食を食べた後、ふたりで私の部屋に向かい、出かける準備をすることにした。

その時気づく。

私には、繕いだらけの古い着物しかない。

義母は私に新しい着物を与えることはなかった。

統真様が迎えに来てくれた時に着ていたものはあるが、義母からもらった着物はあまり着たいと思えなかった。

だが繕いだらけの着物で出かけるのでは、隣を歩く弥子も恥ずかしいだろう。仕方のないこととはいえ、情けない気持ちになる。

私が縮こまっていると、弥子に考えが伝わったのだろうか。彼女は箪笥（たんす）から上品な絹の呉服を取り出した。

「椿様、こちらをお使いください」

その呉服は、白地に赤い椿柄だった。

目利きでない私が見ても一目で質のいい物だと分かった。真新しい呉服に、恐縮してしまう。

「でもこんな上等な物、借りられないわ」

「いえいえ、お貸しするのではありません。これは統真様が、椿様のために用意されたものです。どうぞ遠慮なく」

「私のため？」

「ええ。だって、模様を見れば分かるでしょう？」

たしかに、少しだけ考えた。私の名前と同じ「椿」の花に、何か意味はあるのかと。

「これを、統真様が？」

「そうです」

「ただの偶然かと思ったわ」

「統真様は、椿様のために他にも着物を何枚も用意しておいでです」

私は着物と弥子の顔を見比べる。

「きっと椿様によくお似合いですよ。帯はこちらの黒と金色のものが合いますね」

そう言って、弥子が着付けを手伝ってくれた。

「髪も結いましょうね」

私は鏡台の前に座り、為すがままになっていた。

傷んでいるのですぐに切れてしまう私の髪を傷つけないよう、弥子は苦戦しながら丁寧に櫛でといてくれる。

「ごめんなさい、私の髪、傷んでいるから結びにくいでしょう」

「なあに、平気ですよ。椿様、植物にお詳しいなら知っておいででしょう。椿の油を塗って、毎日大切にすれば、きっとひと月も経たない間に見違えるように変わります」

弥子は上手に髪を結い、最後に赤い椿の髪飾りを挿してくれた。

「ほら、立って、鏡を見てください！」

私は言われたとおり、立ち上がって鏡を見る。

上品な呉服を身につけ、髪をきちんと結ってもらった自分の姿は、普段の自分とは別人のように思えた。

「なんとお可愛らしい！　こんなに可愛いのだから、統真様に見てもらわないと！　それに、玻璃宮では着物にブーツを合わせるモダンガールという格好も流行っているんです。今度、それもしてみましょうね」

私は弥子に手を引かれ、部屋の外に連れ出される。

階段を下り、玄関口に到着したところで八雲さんと会った。統真様を職場に送り届け、帰宅したところのようだ。

「おかえりなさい、八雲さん」

八雲さんは相変わらず優しげに、にこにこと微笑んで言った。

「おや、お出かけですか椿様。よくお似合いですね」

「ありがとうございます」

弥子は目を細めて笑いながら、八雲さんを見つめる。

「八雲、八雲。弥子と椿様を、統真様のところまで送って行ってくださいな」

私は驚いて弥子を止めた。

「八雲さんはお疲れでしょう。今帰って来たばかりだから、さすがに悪いですよ」

「いえいえ、私の仕事は運転ですからね。統真様と椿様の頼みであれば、どこにでも送り届けますよ」

申し訳ないと思ったが、結局八雲さんは私と弥子を玻璃宮まで車で送り届けてくれることになった。


やがて車が玻璃宮に到着し、私はその光景に感嘆の声をもらした。

等間隔に外灯が並んだ通りには、赤煉瓦のお洒落な風貌の建物や背の高いビルが建ち並んでいる。

往来を人力車や車が行き交い、通りを歩く人は洋装も多く、洗練されている。場違いなところに来てしまったと思う。

車の窓に顔を寄せて問いかける。

「ここにいるのは、みんな神様なの？」

その疑問には、弥子が答えてくれた。

「昔は天ツ国は神だけの場所でしたが、近年では人間の番と結婚する神も増えましたからね。仕事で天ツ国と神薙を行き来する人間もいますし、数は多くないですが、人間も時々いますよ」

私が街の光景に見とれていると、八雲さんが言った。

「私は向こうの通りにある店で買い物をして参ります。買い物が終わりましたら車で待っておりますので、椿様はご自由に散策ください」

「分かりました。ありがとうございます、八雲さん」

八雲さんにお礼を言って車を降りると、弥子は私の手を引いてぴょんぴょんと飛び跳ねるようにして歩いた。

「さあ行きましょう、椿様！　こちらです！」

「私、今まで神薙から出たことがなくて。こんな都会に来たのは初めて」

「天ツ国の街並みは、人間の世界にそっくりでしょう。正しく言うと、人間の世界を天ツ国に似せて作り上げたらしいですが」

「そうだったの……。弥子は、人間の世界に行ったことがあるの？」

「はい。統真様のお仕事のお手伝いで、時折向こうに行くことがあるのです」

弥子は額に手を当て、周囲をきょろきょろとした。

「この時間なら、統真様も見回りをしているはずですが」

そして弥子が大きく跳ね上がった。

「あ、ほら、椿様。あそこに統真様がいますよ！」

弥子にそう言われて顔を上げると、たしかに歩道を統真様が歩いている。

「統真様！」

弥子は統真様の姿を見つけると、主人を見つけた子犬のように彼に駆け寄って行く。

屋敷にいる時は一切表情を崩さない統真様が、弥子と私を見て驚いたように目を見開いた。

「ふたりとも、どうしてここにいるんだ？」

弥子は息を切らしながら統真様を見上げた。

「弥子が、椿様に玻璃宮を案内すると言ったのです！」

私は早足で弥子を追いかけ、ようやく弥子に追いついてから言った。

「お仕事中に話しかけてしまってすみません。ご迷惑でしたか」

「いや、別に……かまわないが」

私は統真様の姿をまじまじと見つめる。

統真様は、黒い軍服姿だった。

今まで和服姿しか見たことがなかったので、新鮮な姿に胸が鳴る。

弥子は私の手を引きながら、嬉しそうに問いかける。

「統真様は、軍服もお似合いでしょう？」

「ええ、驚きました。統真様、洋装もとっても素敵です」

統真様は軍帽のツバに手を当てて顔をそらし、興味がなさそうに言った。

「着ている服が替わったからと言って、中身は同じだろう。くだらない」

つまらないことではしゃいで、子供っぽいと思われたかもしれない。反省していると、
弥子は私の耳元で囁いた。

「椿様、大丈夫ですよ。統真様は照れていらっしゃるだけです。本心では喜んでいるはずです！」

「そんなことはないと思うけど……」

「おい、聞こえているぞ弥子」

私たちがそんなことを話していると、統真様の後ろから明るい雰囲気の男性が現れた。

「統真、いったい誰と話してるんだい」

親しげにそう言って、統真様の肩を叩く。

統真様と同じ軍服を着ているから、仕事仲間だろうか。

男性は神薙では見たことがない、金色の髪の毛だった。背丈は高く、統真様と同じくらいある。

金髪だから派手な印象を受けるけれど、黒縁の丸メガネをかけた利発そうな顔立ちだ。

統真様の隣に並ぶと、なんだか絵になる。

男性は私の姿を見て、嬉々とした様子で声をかけてきた。

「統真、誰だいこの可愛い女性は！　僕に紹介したまえ！」

男性がこちらに伸ばそうとした手を、統真様がぴしゃりと叩き落とした。

「おい、高柳（たかやなぎ）！　気安く触るんじゃない、俺の妻だ」

その言葉に、彼は通りのよい声で叫んだ。

「妻!?　ああ、あなたが噂の椿さんか！」

名前を呼ばれたことに驚き、私は目を瞬く。

「私のことを知っているのですか？」

「もちろん。いつも統真から話を聞いていますよ」

「お前が無理矢理聞き出しているだけだろう」

「僕は高柳一成。この冷徹な堅物の同僚だよ。いつも統真に虐げられて、大変な思いをしているんだ。可哀想でしょう？」

高柳さんが道化めいた口調でそう言うと、統真様は眉を寄せる。

「おい、適当なことを言うな」

ふたりとも、きっととても仲がよいのだろう。饒舌な高柳さんと、普段の調子を崩している統真様の対比が面白くて、私はついつい笑ってしまう。

「改めてよろしくね、椿さん」

私は高柳さんに深々と頭を下げた。

「こちらこそ、よろしくお願いします」

高柳さんは人の良さそうな笑みを浮かべ、私に話を振る。

「椿さん、こんな仏頂面の男と結婚するなんて、色々苦労しているでしょう？」

私は首を横に振った。

「いえ、苦労なんてとんでもない。統真様には、よくしてもらってばかりなんです」

「本当？　まだ猫を被っているんだね。何か困ったことがあったら、いつでも相談してくださいね」

統真様は高柳さんの脇腹を肘で突いた。

「高柳、余計な口ばかり叩いていないで、いい加減仕事をしろ」

高柳さんは口を尖らせる。

「だって、今日も平和そうじゃないか。平和で我々の仕事がないのなら、それが一番さ」

私が疑問に思っていたのが表情に出ていたのか、高柳さんが説明してくれた。

「僕たちの仕事は、街の巡回なんだ」

「なるほど……」

玻璃宮の警備が彼らの仕事なのだろうか。

高柳さんは笑顔で続けた。

「そうだ、せっかくだから、椿さんをおいしい甘味のある喫茶店に連れて行ってあげたらどうだい？　今からみんなで食べに行きませんか？」

統真様が渋い表情で言った。

「真面目に巡回しないと、また減給されるぞ」

「それは勘弁してほしいな」

そんなことを話していた時だった。

平和な空気を切り裂くように、耳をつんざく大きな音が鳴り響く。

それまで周囲で楽しげに歓談していた人々も足を止め、険しい表情をする。

この音は何だろう。

私は音の出所を探し、歩道に等間隔で立てられていた警報器から警笛が鳴り響いているのに気づいた。さっきまで、警報器があることさえ気づかなかった。

私が戸惑っていると、近くを歩いていた男性が弾かれたように叫んだ。

「獣憑きだ！」

高柳さんは金色の髪を撫でて、溜め息をつく。

「おやおや、今日はのんびりできると思ったんだけど。そうはいかないようだねぇ」

獣憑き……？

どこかで聞いたことのある言葉に、眉をひそめる。

時計塔の方向にいた群衆が、こちらに向かって悲鳴をあげながら逃げて来る。

つまり、彼らが逃げてきた方向に何か恐ろしいものがいるということだろうか。

私は時計塔の方に目を凝らした。

今はまだ米粒ほどの大きさでしか見えないが、歩道を何かが歩いているのが見えた。

黒い靄のようなものが、天に向かって渦巻いている。

大きさは、成人男性ひとりくらいの背丈だ。

その中心に、何か生き物がいる。

「あれは何……？」

黒い靄を凝視していると、統真様が厳しい声で告げた。

「弥子、ふたりで安全な場所へ逃げろ」

「はい、もちろんです統真様」

小さな手に袖を引かれ、私ははっとして弥子を見つめる。

弥子が真剣な表情で私を見ていた。

「椿様、逃げましょう。ここは危険です」

「だけど、統真様が……」

「統真様なら平気ですから」

統真様は私を一瞥し、深く頷いた。

「行くぞ、高柳」

統真様がそう告げると、高柳さんも別人のように真剣な顔つきで返事をした。

「了解した」

ふたりは颯爽とした歩みで、黒い靄の方へ進んで行く。

私は弥子に手を引かれながら、心配で何度も統真様の方を振り返る。

最初は人間ひとりほどの大きさだった黒い靄が、どんどん巨大に膨れ上がり、今は街全体を覆うほどになっている。

靄が広がれば広がるほど、空気が淀んでいく。

全身に寒気が走る。

あれが何かは分からないけれど、確実に良くないものだということだけが分かる。

やがて黒い靄がぶわっと爆ぜ、中心に男性が立っているのがハッキリと見えた。

「人……？」

だがその直後、信じられない光景を目にして、私は思わず足を止めてしまう。

男性の胸辺りから、巨大な白い蛇が何匹も飛び出したのだ。

「――っ！」

一瞬、大きな蛇が人の体内を食い破って生まれてきたのかと思った。

だが、男性は今もしっかりとした足取りで歩いている。

現れた蛇たちは、人を丸呑みできるほどの大きさだった。あれほど大きな蛇は見たことがない。

蛇は男性の周囲を囲むように、這い回っている。

あまりのおぞましさに、声が掠れる。

「な、なに、あれは……」

「獣憑きです！」

「獣憑き？」

弥子は真剣な声で説明した。

「天ツ国には、獣憑きという異形が時折現れるのです。椿様、危険なので一刻も早く離れましょう！」

獣憑きが何なのかはまだ分からないが、恐ろしい生物であることは理解できる。弥子は私の手を引き、歩道を駆けた。

だが進もうとすればするほど、周囲は獣憑きから逃げる人々でいっぱいになり、人波に流されていく。

我先にと逃げようとする人々にぶつかられ、弥子と手が離れてしまった。人に流されて、どんどん弥子と距離が遠ざかる。

「あっ、弥子……」

「椿様！」

弥子は私の方へ戻ってこようとして飛び跳ねているが、背丈が低いので身体が埋もれてしまっている。

「弥子、いいわ。後から追いつくから先に逃げて！」

私は離れた場所にいる獣憑きに視線をやった。まだ距離はあいている。

だが、獣憑きがこちらを見た瞬間。

それまで緩慢な動きだった蛇たちが、こちら目がけて物凄い速さで、地面を這いながら近づいてくる。

「どうして……！」

明らかに、私を標的に定めている。

周囲にはたくさん人がいるのに、なぜ。

私はハッとして踵を返し、通りの角を曲がって走った。

もし獣憑きが私を狙っているのだとしたら、他の人から離れた方がいい。

その考えどおり、やはり大蛇は私を追いかけてくる。

蛇が地面を這う嫌な音が、どんどん近づいてくるのが分かった。

何とか逃げようとするが、着物姿で全力で走るのは難しい。

その上、進んだ先は壁で塞がれ、行き止まりだった。

こちらを追う蛇と、どのくらい距離があるのか確認するために振り返る。

目の前に、私を覆いつくす程の大きな影が落ちていた。

まだ昼間でさっきまで明るかったのに、ここだけ夜になってしまったようだ。鎌首をもたげた巨大な蛇が、私を見下ろしていた。

「あ……」

外灯と同じくらいの背丈がある。その上近くで見ると、蛇の全身にはおびただしい数の目がついていた。

その目がパチパチと何度か瞬き、いくつもの視線がぎょろりと私に集中する。

「っ……！」

血の気が引き、私は身動きができなくなってしまった。

今まで見たこともない、恐ろしい化け物。

一刻も早く逃げないと。

そう思うのに、恐怖で息すらまともに吸えなくなる。

足が震えて動かない。

私の目の前で蛇の口が大きく開き、鋭い牙が輝いた。細い舌が蠢いているのが見える。

本当に恐怖すると、悲鳴をあげることもできなくなるらしい。

どうすればいいのかと視線を彷徨わせた私は、歩道の隙間から伸びているタンポポを見つけた。

私はそのタンポポに向かって、力を送る。

綿毛が増殖し、白い霧のように広がった。

綿毛が目や口に入った蛇たちは驚き、大きくうねって綿毛を追い払おうと身をよじる。

私が使える異能は、植物を増殖させたり成長させたりすることくらいだ。

綿毛では一瞬の目眩ましにしかならないが、今の隙に逃げるしかない。

再び走って逃げようとするが、蛇の長い身体が私の足首に巻き付いた。

「きゃっ……！」

逃れようと抵抗するけれど足に絡みつかれ、動くことができない。

蛇は瞳を金色に輝かせ、再び口を大きく開く。

——もうダメだ。

私は目をぎゅっとつぶり、蛇に噛まれるのを待つことしかできない。

……しかし、いくら待っても大蛇に噛みつかれることはなかった。

恐る恐る目を開く。

すると私の前に、黒い軍服を着た背中があった。

「統真様……？」

「すまない、遅くなった」

統真様はそう言うと手に持っていた刀で、蛇の身体を一刀両断した。

迷いがない太刀筋だ。なんて鮮やかな動きだろう。

自分の身が危険なのに、そして何より統真様を危険にさらしてしまったのに、それでも彼に見とれてしまった。

切断された大蛇の身体から、噴水のように血飛沫が上がる。

残った蛇たちが統真様に反撃しようとするが、その暇を与えず、統真様は刀を振るう。

大蛇たちは次々と頭を落とされ、苦しむようにうねり、のたうちまわっている。

「統真、ここにいたのか！」

加勢するため、高柳さんと他にも数人の隊員がこちらに駆けつけた。その時には蛇はもうほとんど動いていなかったが、彼らも刀で蛇たちを斬る。蛇と一心同体だった獣憑きは苦しんでいるのだろう。耳を塞ぎたくなるような断末魔をあげる。

斬られた傷からは、黒い煙がのぼっている。

蛇の身体もぐずぐずに溶けていき、もはやまともな生物の形を保っていない。

この生き物が何なのか知らない私でも、あと数分もすれば、消滅してしまうのだろうと分かった。

獣憑きはどろどろとした汚泥に塗れ、悪臭を放っている。

高柳さんは苦笑しながら、刀を鞘に収めた。

「相変わらず強いな、統真は」

獣憑きが討伐されたことを知り、避難していた人々が集まってくる。

少し離れた場所から遠巻きに、こちらを見ている。彼らは顔をしかめ、鼻を覆い、小声で話し合う。

「また獣憑きか」

「最近多いね」

「いったい、いつになったら出なくなるんだろう」

「恐ろしい化け物だよ」

獣憑きの黒い泥のような身体の中にあった濁った瞳が、私と合った。

恐ろしくてすぐに逸らそうとしたけれど、その瞳は必死だった。

……何か、伝えようとしているみたいだ。

私は導かれるように、ふらふらと獣憑きの方へと近づく。

高柳さんと会話していた統真様は、私の行動に気づいて声をあげた。

「おいっ、椿！」

私は獣憑きの側に跪き、手を差し伸べる。

やはり獣憑きの瞳は、まだ理性を保っているように見えた。

最後の力を振り絞るように、こちらに黒く溶けかけた、腕と思わしきものを伸ばす。

その手に握られていたのは、汚れた封筒だった。

封筒には、消えかけの宛名が書いてあった。

「……これは、手紙ですか」

もともとは住所も書いてあったようだが、今は汚れてまともに読むことが難しい。真剣な声で語りかけると、獣憑きは頷くように動いた。

瞳から、涙が流れているように見える。

私はその封筒を両手で握り抱き寄せた。

「分かりました、必ず届けます！」

そう返事をした瞬間。

後ろから、ぐいと強く腕を引かれた。

「椿っ！」

瞳に飛び込んで来たのは、ひどく心配そうな表情の統真様だった。

「統真様……」

今、私の名前を呼んでくれた。

それだけのことが嬉しくて、心が弾む。

しかし統真様は、烈火のように怒っていた。

「馬鹿なのか、お前は！」

大声で叱られ、びりびりと全身が震える。

「ごめんなさい、勝手なことを……」

言い終わる前に、統真様は言葉を重ねる。

「怪我はないか⁉」

そう言って、私の顔や腕を確認する。こんな風に取り乱す統真様は、初めて見た。

彼は苛立ったように言葉を重ねる。

「おい、平気かと聞いているんだ！　聞こえているか⁉　どこか痛いか⁉　怪我はないか⁉」

私はハッとして首を横に振った。

「いえ、平気です。ただ、手紙を受け取っただけです」

返事を聞いた統真様は、安堵したように深い息をついた。

「そうか……。よかった」

そう言って、彼は私のことを抱き締める。こんな風に触れられたのも初めてだ。慣れないことの連続で、私は硬直してしまった。

統真様、私のことを心配してくれたんだ。そう考えると、胸がほんのりとあたたかくなる。

「統真、椿さんが心配なのは分かるけど、時と場合を考えなよ」

高柳さんに注意され、統真様はパッと私を離した。

「すまない、つい」

「い、いえ」

獣憑きは、まだ弱々しい声で悲鳴をあげていた。

「きちんと始末しないとね」

高柳さんは獣憑きの中心に、深々と刀を突き立てた。

さっきまで落ち着いていたように見えた獣憑きは、再び耳をつんざくような叫びをあげる。

恐ろしいような、悲しいような気持ちで、私は獣憑きのことをしっかりと見られなかった。


「高柳、後始末は頼んだ」

統真様はそう告げると私を軽々とお姫様抱っこし、荷物でも運ぶように歩く。

ま、またこの抱き方！

「あの、統真様、私、重いので！　歩きますから！」

「ちっとも重くない。綿でも詰まっているようだ」

「そんなはずは……」

「いいから、大人しくしていろ」

高柳さんがそんな私たちをからかうように、口笛を吹く。

「統真、過保護だねぇ」

私は恥ずかしくなって、さらに俯いた。

統真様はその一切を無視する。

「送る」

そう言って、すたすたと通りを歩き出す。

「えっ、けれど、統真様はまだお仕事中でしょう？」

「もう終わるところだ。多少早引けしても罰は当たらんだろう」

統真様はギロリと私を睨みつける。

「椿をひとりにしておくと、何をしでかすか分からん」

さっき無茶をしたことを、怒っているみたいだ。

八雲さんが運転する車は、大通りを曲がったところにある駐車場に停まっていた。

「あの、待ってください、それなら弥子を探さないと」

「心配するな。弥子ならそこにいる」

「えっ」

統真様に言われて振り返ると、たしかにその言葉どおり、弥子がこちらに駆け寄ってくるところだった。

「椿様ーっ！」

「弥子！　無事だったのね！」

「はい！　こちらの辺りが騒がしいのが見えて、走ってきました」

私を車の後部座席に座らせると、統真様は扉を閉めて助手席に移動する。

弥子も反対側の扉から、後部座席にぴょいと乗り込んだ。

高柳さんは車の窓際まで歩いてきて、ひらひらと手を振った。

「椿さん、今日は色々大変だったけれど、今度玻璃宮を案内するから。次はゆっくり喫茶店にでも行きましょうね」

統真様が、高柳さんをギロリと鬼のような目つきで睨む。

「いやあ、恐ろしい狼が見張っているみたいだなあ。もちろん統真も一緒にだよ。それならいいでしょ？」

統真様が何も言わないので、私は苦笑しながら頭を下げた。

「ありがとうございました、高柳さん」

「愛されてるねえ」

からかうようにそう言われ、私は真っ赤になってしまった。


全員が座席に乗り込むと、八雲さんは緩やかに車を走らせた。華やかな玻璃宮の光景が少しずつ遠ざかって行く。

「弥子、ごめんなさい。私、はぐれてしまって」

「いえいえ、謝るのは弥子の方です。椿様をお守りできなくて申し訳ないです」

「でも、一緒にいなくてよかったわ。もし一緒だったら、弥子も獣憑きに襲われていたもの」

運転席にいた八雲さんが、心配そうに問いかける。

「獣憑きに襲われたのですか。椿様、お怪我はありませんでしたか？」

「平気です。統真様が助けてくれましたから」

「そうですか。とにかく皆様ご無事で何よりです」

それまで黙っていた統真様は、怒りを含んだ声音で弥子を叱りつけた。

「弥子。お前は勝手に椿を玻璃宮に連れて来るな！」

弥子はしおらしい仕草で目を伏せた。狼の耳もしゅんと垂れている。

「申し訳ございません。椿様に、ぜひとも統真様の勇姿を見せたいと思いまして」

私は小さな弥子が怒られているのが可哀想になって、口を開いた。

「統真様、勝手なことをして申し訳ありません。統真様の姿が見たいから、玻璃宮に行きたいと私が頼んだのです」

統真様はむすっとした顔つきで言った。

「椿、そいつに騙されない方がいい。弥子は俺が怒ったことなど、まったく堪(こた)えていない」

そんなはずはないと思って弥子を見ると、たしかに弥子はもうすっかり元気な顔で、どこから取り出したのか棒付きの飴を舐めていた。

「統真様は格好よかったでしょう、椿様？　惚れ直しましたか？」

さっきまでのしおらしい様子は、演技だったのだろうか。弥子は私が考えている以上に役者なのかもしれない。

私は獣憑きに刀をふるっていた統真様の姿を思い出して言った。

「ええ、統真様のお姿は、とても格好よかったです。怖いこともありましたが、玻璃宮に行ってよかったです。統真様の刀の扱い、一陣の風が吹き抜けたようで。まるで、侍のようでした！」

助手席から、統真様の困惑した声が聞こえる。

「侍……？」

その反応に、弥子が堪えきれなくなったようにくすくすと笑う。

「あれが統真様のお仕事なのですね」

統真様は咳払いをしてから答える。

「そうだ。獣憑きを討伐するのが俺の仕事だ」

「あのような危険なお仕事をされているとは、知りませんでした」

弥子がにこにこと笑いながら話しはじめる。

「統真様は、変わり者なんです。真神家の当主ならば、莫大な資産を運用しているだけで、遊んで暮らせますからね。本来は獣憑きと戦うような、危険な仕事をする必要はないのです」

統真様は毅然とした口調で言った。

「金勘定の仕事は、俺の性には合わない」

私は慣れない仕事に手を出し、最終的に病に倒れた父の姿を思い出して、少し胸が痛んだ。

「統真様は、周囲に流されずに自らの生き方を切り開ける方なのですね。素晴らしいと思います。誰もが皆、そういう生き方をできるわけではありませんから」

なんだか車の中が、しんみりした空気になってしまった。

私は話題を変えようと、わざと明るい声で言う。

「あの、とにかく今日は、玻璃宮に行けてよかったです。八雲さん、弥子、ありがとう」

「また玻璃宮に行きましょうね、椿様。今度は楽しいお店に行きましょう。椿様を案内したい場所が、たくさんあるのです」

私は弥子の提案に、笑顔で頷いた。

やがて車は屋敷に到着し、私は弥子が夕餉の準備をするのを手伝った。

食事の後、私は統真様と話したくて彼の姿を探す。

今日は色々迷惑をかけてしまった。改めて、彼に謝らなくてはいけないと思ったのだ。

統真様はどこにいるのだろう。

広い屋敷をうろうろと歩いていると、統真様が縁側で刀の手入れをしているのを見つけた。

藍色の寝間着姿で、硝子の瓶に入れた水を布に含ませ、刃についた汚れを落としている。

月明かりに照らされ、丁寧な所作で刀を扱う様は、まるで神々しい儀式のようだった。

私は統真様の邪魔をしないよう、少し離れた場所に立ったまま、黙って彼の姿を眺めていた。

「……座ったらどうだ」

統真様は私がいることに気づいていたらしい。

私は彼の隣に正座した。

「邪魔をしてしまってすみません」

「別に。弥子のようにうるさいならともかく、椿なら平気だ」

弥子が賑やかな声で話すのを思い浮かべ、私は小さく微笑んだ。

「今日は私のせいでお仕事を途中で切り上げることになってしまい、申し訳ありませんでした」

「いや、別に謝る必要はない。獣憑きを討伐した。目的は達成したのだから、誰にも文句は言わせない」

統真様は、いつも自信に満ちている。自分に自信がない私は、そんな彼が羨ましいと思う。

「……今日の昼は、強く怒ってしまってすまなかったな」

「え？」

私は昼の出来事を思い返す。

獣憑きから手紙を受け取った後、彼は厳しい声で私を叱った。その時のことを言っているのだろう。

統真様は刀を磨きながら、静かな声で淡々と話す。

「昔から、俺は表情が出にくい。怖がられることが多い。ただ、椿が憎くて言ったわけではない」

「もちろん、分かっています！　統真様は、私のことを案じてくださったんですよね。

統真様のお気持ちは、伝わっています」

　統真様は手を止めて私の方を向き、真っ直ぐにこちらを見据えた。

「……それだけじゃない。椿は、獣憑きにとって特別なんだ」

「特別？　どうしてですか？」

「異能を持った人間に、獣憑きは惹かれる。特に御三家は、他の人間より強い力を持っているだろう」

「はい」

「朔夜の力を取り込めば、獣憑きはより強い力を手に入れることができる。獣憑きには理性がないが、本能でそれが分かるんだ。強い異能を持つ者は、獣憑きからすると果実のように甘い、とてもいい匂いがするらしい。だから獣憑きがいれば、椿は真っ先に狙われる」

　その言葉に納得する。

「なるほど、そういう理由があったのですね。あの大蛇は私を見つけた瞬間、他の人たちには目もくれず、私を目がけて一目散に追いかけて来たように感じました。どうしてだろうと疑問だったのです」

　統真様は悔いるような声で告げた。

「この屋敷にいる分には安全なんだ。真神の敷地は、俺の力で守られているから。だが外に出れば、獣憑きに狙われる可能性がある。特に人の多い場所は、獣憑きも集まりやすい。もっと早く伝えるべきだったが、言うのが遅れた。俺の落ち度だ」

私は首を横に振り、その言葉を否定する。

「統真様は私のことを気づかって、黙っていてくださったのでしょう。それに統真様は私を守ってくださりました。少ししか見ていませんが、大変なお仕事ですね」

統真様は神妙な面持ちでその言葉に頷いた。

「ああ、常に危険が伴う。訓練を積んだ隊員でも、獣憑きに襲われ、命を落とすこともある。本当なら、獣憑きが現れる場所に椿を近づけたくない。だが、ずっとこの屋敷に閉じこもっているわけにもいかないだろう。遅かれ早かれ、獣憑きと遭遇するなら、早く教えるべきだった」

そんな話をしている間に、最初は泥で汚れていた刀は輝きを取り戻していた。

月光を反射して輝く刀を見て、私は感嘆の息をついた。

「大切になさっているのですね」

「仕事道具だからな。手入れしていないと、落ち着かない」

そう言って、統真様は刀を鞘に収める。

「分かります。私も、土仕事をする時にいつも使っているスコップがありまして。それを使うと、他の物を使った時より手際がよい気がするんです」

統真様は考え込むような表情で私を見る。

なんだかずれたことを言ってしまった気がして、照れくさくなり苦笑する。

「私の趣味と統真様の大切な刀を一緒にするなんて、失礼でしたね」

「いや。植物が好きなのは、朔夜の者なら当然だろう。裏の山には、たくさん植物がある。それにうちの屋敷にも、八雲が手入れしている花が色々ある。植物を植えたいのなら、空いている場所があるはずだ。八雲に聞けば、色々教えてくれるだろう」

その言葉を聞き、私は思わず身を乗り出した。

「本当ですか⁉」

花や植物を育てるのは大好きだ。真神家の敷地は広い。この広大な土地で自由に植物を育てられるのなら、なんて素晴らしいだろう。何の種を蒔こう。野菜や果物も作れるかもしれない。想像しただけで、胸が躍った。

「花と言えば、椿に見せたい物があったんだ」

そう言って統真様は縁側から下り、草履を履いて歩き出す。私も玄関から草履を持ってきて、彼の後ろを付いて歩く。

どうやら統真様は、庭へ向かっているらしい。緑の葉が生い茂り、植物がたくさん植わっている。

その一角に、一本の木があった。

花は咲いていないが、一目でそれが何の木か分かった。

「これは……椿の木ですか」

「ああ。椿が来る時期に花が咲くようにしたかったんだが、寒椿だったらしい。もう花が散ってしまった」

統真様は少し残念そうに呟いた。

私はそっと椿の枝に触れる。

するとそれまで小さかった芽が膨らみ、やがて真っ赤な花がいくつも開いた。

統真様はその光景を、驚いたように凝視している。

「あの……花たちが、私を歓迎して。咲いてくれたようです」

統真様は私が植物の異能を持つことは知っているけれど、やはり気味悪がるだろうか。

そう考えたけれど、幸い嫌悪されることはなかったようだ。

統真様は静かな声で告げた。

「昔から、椿は大人しそうな顔をして突拍子もないことをする。俺と出会った時も、手負いの狼を突然抱き締めた」

　そう言って、薄く微笑んだ。

　初めて会った時のことを話してくれたのが嬉しくて、私もつられて笑みがこぼれる。

「覚えていてくださったんですね」

「当然だ。正気だとは思えない。食いちぎられていても、おかしくなかった。無茶ばかりしていたら、命がいくつあっても足りない」

　私は小さく笑いながら答える。

「気をつけます。だけど、統真様に会った時は、大丈夫だという確信があったんですよ」

「どうしてだ」

　私は幼い頃に出会った銀色の狼を思い出しながら言った。

「怯えているように見えたんです」

　その言葉に、彼は小さく頷いた。

「たしかにそう言っていたな」

「はい。だから、安心させてあげたくて」

「……そうか」

　そういえば、狼だった時の統真様も、黒い靄に半身が覆われていた気がする。

今日の昼間玻璃宮で見た獣憑きの姿と重なり、私は疑問に思う。

何か関係があるのだろうか。

私が考え込んでいるのが表情に出ていたのか、統真様はこちらを見つめて問う。

「どうした？　難しい顔をしているが」

獣憑きとの関連を聞く勇気はなかったので、私はもうひとつの心配事を口にした。

「その、ひとつ無理を言ってもいいですか」

「ああ、何だ？」

私は昼間、獣憑きから預かった手紙を差し出した。

統真様と話す機会があれば相談しようと、懐に入れておいたのだ。

「できれば……この手紙を、本来の持ち主に届けたいのです」

統真様は一瞬眉を寄せた。

じっと手紙を見つめ、それから私と見比べる。

「あの獣憑きの持ち物か」

「はい」

彼は重々しい口調で言う。

「本来なら、獣憑きの持ち物はすべて燃やしつくす規則なんだ」

「では、この手紙も……燃やさなくてはならないのですね」

私は獣憑きが手紙を託した時の縋るような瞳を思い出し、俯いた。私ひとりでも何とか送り主を突き止めたいと考えていたが、それも難しいのだろう。

一瞬逡巡してから、統真様は言った。

「……届ける手段がないわけではない」

「えっ？」

私はパッと顔を上げる。

「だが、この手紙がどうなろうと、椿には関係のないことだろう」

「はい……。ですが、大切な手紙だと思うのです。私は義母の家にいた時、統真様の手紙だけが日々の心の支えでした」

それを聞いた統真様は、先ほどより深く眉間にしわを刻んだ。

「俺からの手紙など、年に二度届くかどうかだろう」

「はい。けれど、私は統真様の手紙が届く度、何度も何度も読み返していました。何か辛い出来事があると、決まって統真様の手紙を読みました。新しい手紙が届いた日には、嬉しくて仕方なくて。手紙の文章をすべて覚えてしまうほど、何度も読み返しました」

そこまで早口で言ってから、余計なことを話してしまったと思い、一度言葉を切る。

獣憑きの手紙を見下ろし、呟いた。

「私には、この手紙がどんなものか分かりません。ですがこの手紙も、もしかしたら心待ちにしている方がいるかもしれないと思い……。その方にとって、何より大切なものかもしれないと。だとしたら、届けてあげたいのです」

統真様は数秒押し黙っていた。彼を困らせていると気づき、頭を横に振る。

「勝手なことを言ってごめんなさい。この話は忘れてください。規則でしたら、仕方ありません」

統真様は呆れたように、深い溜め息をついた。

「宛名が分かっているのなら、特定も可能だろう。俺が責任を持って預かる」

私は驚いて、パチパチと目を瞬いた。

「だけど、統真様に規則を破らせるわけには……。規則を破ると、厳しい罰則があるのではないですか？」

「ああ、そのとおりだ。違反が分かれば、ただではすまない」

私が罰を受けるのならともかく、統真様を巻き込むわけにはいかない。

だが統真様は悪戯を思いついた子供のように、にやりと悪い笑みを浮かべた。

「だから、この手紙のことは俺と椿だけの秘密だ。それでいいな？」

その言葉に、思わず顔がほころんだ。

「ありがとうございます！」

統真様はなんて優しいのだろう。私の無理な願いを、聞き届けてくれた。

それに獣憑きに襲われ、怪我を負いそうになった時も、私の元へ駆けつけてくれた。

心配して、叱ってくれた。

今まで知らなかった彼の一面が知れたのが、嬉しかった。

統真様は夜空を見上げ、呟いた。

「春先とはいえ、夜はまだ冷える。そろそろ部屋に戻ろう」

「はい」

廊下を歩いている途中、統真様は落ち着いた声で問いかけた。

「椿」

彼はこちらを振り返る。

「俺の手紙を読んで、辛い日々を乗り越えたと話していたが、何かあったのか？」

私は一瞬、どう答えればいいのか戸惑った。

統真様に秘密は作りたくない。

だが、義母や義妹の沙彩のことを統真様に話す気にはなれなかった。心配させてしまうだろうし、あの屋敷でされた仕打ちを、他人に知られたいとは思わない。

今は天ツ国にいるし、神薙の彼女たちと会う機会はもうないだろう。それなら、わざわざ昔のことを告げなくてもよいのではないか。

そう考えるのは、私が臆病だからだろうか。

迷った結果、私は曖昧に微笑むことしかできなかった。

二章

庭で椿の木を見ながら話した後。

統真は応接間の椅子に座り、思案していた。

先ほどの椿の様子は、どう考えてもおかしかった。

最初に出会った時から、不審な点はあった。

椿は御三家の朔夜家の血を引く人間だ。

神薙では特別な存在として、大切に扱われたはずだ。義理の母親も、彼女を丁重に育てたと吹聴していた。

だから統真は、椿が高慢で鼻持ちならない性格に育っていても何らおかしくないと考えていた。

だが、数年ぶりに会った椿は、まるで真逆だった。

いつもどこか自信がなさそうに、少し不安気な表情をしている。

統真は椿が悲しげな瞳で遠くを見つめているのを見る度、言いようのない焦燥感に襲われた。

むしろ高慢という言葉で一番に思い当たったのは、椿の義母の長谷川麗子だ。椿を迎えに行った時、統真の前では物わかりの良い風に装っていた。だが、取り繕った表情が剝がれた瞬間が何度かあったのを見逃さなかった。特に、娘と椿のことを語っていた時の麗子は、嫉妬と蔑みに染まっていた。顔立ちは整っているのに、あれほど醜悪な表情になるのか、と漠然と思った。

そんなことを考えていると、パタパタという軽い足音が廊下を進むのが聞こえた。電灯が点いているのを不思議に思ったのか、扉を開けたのは弥子だった。

「わ、統真様。まだ起きてらっしゃったんですか」

「お前こそ、まだ起きていたのか」

弥子は鼻歌でも歌うような軽い声音で言った。

「弥子は夜の方が活発ですから。統真様はこんな時間に、何か考え事ですか？　お茶でも淹れましょうか」

統真は首を横に振った。

「いや、茶はいい。それより、少し気になることがある」

「気になることとは？」

「椿の様子、どう思う」

弥子は糸のような目をさらに細め、明るい表情で笑う。

「とてもお可愛らしいですよ。統真様もご存じでしょう」

「そういうことではなくてな」

統真の意図をくみ取ったのか、弥子は思案顔で言った。弥子は一見能天気で幼く見えるが、人の感情には聡いところがある。普段はかしましいが、統真が静かに過ごしたい時は、自然とそれを察してくれる。

「神薙の御三家……。名家の令嬢にしては、自信がないと感じます。最初は天ツ国に慣れていないからかと思ったのですが、それだけではなさそうです」

弥子は困り顔で付け加えた。

「それに椿様、玻璃宮に出かける時に、きちんとした着物が一枚しかないと仰っていました。だから統真様が用意していた着物も、とても喜んでおられましたが。こんな上等な物、借りられないと話していました」

「その一枚は、俺が椿を迎えに神薙へ行った時に着ていたものか」

弥子はこくりと頷いた。

「統真様が来るから、長谷川の者がしぶしぶ用意したということでしょうか。他の数枚の着物は、何度も布を継ぎ接ぎして直したものでした。それに椿様の手も、水仕事を続けた人の手でした。痩せていらっしゃいますし、今まで食事もきちんととっていなかったのではないかと。おかしなことだらけですね。何かやむを得ない事情があったように感じます」

そこまで話して、弥子は小さく首を傾けた。

「……統真様、大丈夫ですか。とても怖い顔をしていますよ」

統真の胸中を、嫌な予感が渦巻いている。それが表情に出ているのだろう。

「弥子、長谷川のことを詳しく調べてほしい」

そう告げると、弥子はいつものように人懐っこい顔でにこりと微笑んだ。だがその瞳の奥には、鋭い光が宿っているように見えた。

「はい、何なりと」

翌々日の正午。

弥子が椿に買い物を頼んだので、彼女は今八雲と一緒に夕餉の材料を選んでいるはずだ。これはただ、椿を屋敷から出払わせるための口実だった。

弥子と八雲は真神家の伝手を使って、すぐに椿が神薙でどういう環境にいたのか、椿と一緒に暮らしていた麗子と沙彩がどんな人物だったのかを調べてくれた。

本来なら椿に黙って調査をするのではなく、本人に問うべきだろう。

だが統真が問いかけた時も、椿は寂しげな顔で微笑むだけだった。

麗子の屋敷で働いていた使用人たちに少し金を渡せば、彼らは簡単に口を開いた。むしろ、使用人たちも黙っているのが心苦しかったのかもしれない。

麗子は表向きは、御三家の令嬢である椿を、実の娘のように大事にしていると装っていた。

だが椿は、他の使用人よりも厳しい仕事を常に言いつけられていた。

彼女は健気にその命令を聞いていたが、麗子や沙彩の機嫌が悪いと、どれだけきちんと仕事をこなそうと、椿は虐げられた。

気の毒に思った使用人がそれを手伝おうとするとクビにすると麗子に脅されるので、誰も椿を助けることはできなかった。

唯一の味方だったはずの父親も、多額の借金を背負い遠方に追いやられて無理な仕事をする契約を結ばされ、ほとんど屋敷には帰って来られなかったようだ。病気で寝込んだまま、結局数年後に命を落としている。

いつも陽気な弥子も、悲しそうに目を伏せて言った。

「椿様を唯一守ってくれる存在だったお父様は、過労で亡くなっているんですね」

統真は八雲がまとめた調書に視線を落とす。そこには麗子の交友関係が詳しく綴られていた。

「おそらく椿の父親を騙し、多額の借金を背負わせた財前という男は、最初から義母の麗子と共謀していたのだろう。麗子はこの男の愛人のようだな。麗子が財前に高額な洋服や宝石を購入させている姿が、度々目撃されている。ふたりで椿の父親を口車に乗せ、多額の借金を背負わせて追い込んだ。椿の父親が死んだから、次はこの男と再婚するつもりなのだろう」

「椿様のお父様は、妻となった女性に陥れられたということですか。ひどい仕打ちですね……」

統真は吐き捨てるように言った。

「虫酸が走る」

それから統真は後悔したように呟いた。

「今まで、敢えて椿のことを調べないようにしていた。だがまさか、こんなことになっているとは思わなかった」

弥子は嚙みつかんばかりの顔つきで問いかける。

「どうなさいますか、統真様？」

「――決まっているだろう」

統真の声は、極めて冷静な響きだった。

だが彼の瞳は、激しい怒りで血のような赤に染まっていた。

◇◇◇

統真様の屋敷で暮らすようになってから、二週間ほどが経った。

初日の失態を反省してから、私は朝はなるべく早く起きるよう心掛け、弥子と一緒に朝食を作るようにしていた。

それに統真様が仕事へ向かう時は、必ず見送りをするようにしていた。

統真様はここ数日、ずいぶん忙しい様子だ。

普段よりも数時間早く屋敷を出て、帰宅するのも遅い。

統真様が無理をしていないか心配だし、彼が屋敷にいない時間が長いのは寂しい。けれど、統真様の話では重要な仕事は一段落したらしい。

夕方、私が居間で夕餉の準備をしていると、呼び鈴を鳴らす音が聞こえた。

私は足早に玄関へと向かう。

扉を開くと、統真様が帰って来たところだった。

「おかえりなさい、統真様。今日は早かったんですね」

「ああ、今日は屋敷の近くに用があったからな。直帰することにした」

統真様は着ていた外套を私に渡し、廊下を歩きながら答える。

統真様は屋敷でくつろいでいる時は着物の方が多いけれど、人と会う仕事の時は洋服を着ていることが多い。どちらも似合っていて素敵だと思う。

「そういえば、あの手紙の送り相手が見つかった」

獣憑きの手紙のことだと分かった私は足を止め、瞳を輝かせた。

「本当ですか⁉」

「郵便局で働く知人に手配した。近日中に相手に届くだろう」

私は喜びで顔を上気させながら言う。

「ありがとうございます、統真様！」

統真様は困ったように眉を寄せる。

「言っておくが俺は、その先手紙がどうなるかまでは分からないぞ。手紙が届いたからと言って、相手が喜ぶかは別だ。もしかしたら、その場で破り捨てられるかもしれない」

私はその言葉に何度も頷いた。

「そうですね。手紙を受け取った側がいらないと判断するなら、仕方ないと思います。ですが、私は嬉しいです。あの獣憑きは、とても真剣な瞳をしていました。だからどうしても、最期の願いを叶えたかったのです」

「……そうか」

「統真様、お忙しいのに私の我が儘を聞いてくださって、本当にありがとうございます。統真様はなんて優しい方なのでしょう」

そう告げると統真様は堪えられなくなったように、肩を揺らして小さく笑う。

彼がこんな風に、相好を崩すのは珍しい。私は内心嬉しく思いながら、問いかけた。

「何かおかしかったですか？」

「俺が優しいだと？　そんなことを言われたのは、生まれて初めてかもしれないな」

「いくらなんでも、そんなことは……」

「大概、他人は俺のことを血も涙もないとか、無慈悲だと言う。特に仕事の時はな」

統真様は顔立ちが整っているのもあり、黙っていると冷たい印象を与えるのかもしれない。彼が持つ高貴な雰囲気から、近寄りがたいと思われているのだろう。

　私も最初は、どう話しかけていいのか分からなかった。

　けれど、今は違う。

「統真様は、いつも優しいですよ」

「優しいのは、椿の方だろう。まったくの他人のために、手紙を届けてほしいと言うなんて。しかも、自分を襲って殺そうとした獣憑きの持ち物をだ」

「手紙を届けたいと思ったのは優しさではなく、私のただの自己満足です。本当にありがとうございました、統真様」

　統真様は少し俯き、表情を隠しながら言った。

「……別に。椿が喜んでいるのなら、それでいい」

　その言葉を聞き、自然と笑みがこぼれる。

　私が笑ったのを見て、統真様も困ったように小さく微笑み返す。

　自分の心が、どんどん彼に惹かれているのが分かった。

　昨日より今日、今日よりきっと明日。

　彼のことをひとつ知る度に、もっと彼のことを知りたいと思う。

　最初は私が義母の屋敷から出るきっかけをくれて、父の借金まで肩代わりしてくれた恩人だという意味合いが強かった。どれほど感謝しても足りない。

でも、今はそれだけではない。

統真様といると、私はこれまでに抱いたことのないような幸せな気持ちに包まれた。

重要な仕事が終わったと話していたから、統真様はこれからは早く帰宅できるのだと考えていた。けれど翌日、夜の十時を過ぎても、統真様は帰って来なかった。

私は玄関を出て、庭先にある木の椅子に座り、ぼんやりと月を眺めていた。

こうやって外を見ていたからと言って、統真様が早く帰って来るわけではないのだけれど……。

私の姿を見つけた弥子が、後ろから声をかける。

「椿様、統真様を待っているのですか？」

恥ずかしいところを見つかってしまったと思った私は、赤くなりながら振り返った。

「ええ、そうなの。そろそろかと思って」

「統真様を待つのでしたら、居間でお茶でも飲みませんか？　外にいらっしゃると寒いでしょう」

そう話す弥子は、少し眠そうな顔をしている。

最近弥子もお仕事が忙しいらしく、昼間は外出していることが多い。

「いえ、大丈夫よ。少しだけ庭の花を見たら、私も眠るから。弥子は疲れているでしょう。先に眠っていて」

そう告げると、彼女は素直に頷いた。

「分かりました。それでは、弥子はお先に休ませていただきますね」

「ええ、おやすみなさい、弥子」

私は弥子を見送ってからも椅子に座り、統真様を待っていた。

春の夜の空気は澄んでいて、少し冷たいのが心地良かった。

夜空に星がたくさん見えるのに気づく。月明かりに照らされた庭の花も綺麗だ。

たまにはこうやって夜の景色を楽しむのもいいものだ。統真様が一緒にいたら、きっともっと楽しいのだけれど。

あと少ししたら部屋に戻ろうと思いながら、私は外の風景を眺めていた。


うとうとしていると、肩を大きな手の平に優しく揺さぶられた。

「椿。椿、起きろ」

声をかけられ、顔を上げた瞬間統真様の顔が私の鼻先にあり、思わず息をのむ。

「と、統真様」

一瞬、自分がどこで何をしているのか分からなかった。

どうやらあのまま庭にある椅子に座り、居眠りしていたようだ。変な顔をして寝ていなかったかしら……。

気恥ずかしく思いながら、統真様に声をかける。

「おかえりなさい、統真様。お仕事で疲れていらっしゃるでしょう。お風呂に入って温まってください」

そう言って笑うと、統真様は怒ったように眉を寄せた。

「こんな所で眠るな」

私の手を引き、立ち上がらせた。

「ほら、すっかり手が冷えている。いつから待っていたんだ？」

「ええと……十時過ぎくらいからでしょうか」

それを聞いた統真様はさらに怖い顔をした。

「二時間近く経っているじゃないか！　弥子は何をしているんだ？」

「弥子は、最初は一緒に居間でお茶を飲もうと誘ってくれたんです。でも、私がここにいると言って断ったのです。弥子を怒らないであげてください」

統真様は不機嫌そうな表情で言った。

「別に弥子を怒るつもりはない」

私は言い訳をするように言葉を重ねる。

「あの、でも私、寒いのには慣れているんですよ。私が子供の頃住んでいた家はかなり古くて、冬はいつも隙間風が吹いていましたから。これくらいの寒さなら、心地良いくらいです」

統真様はむすっとした顔で、黙って私を睨みつける。

その視線に根負けして、小声で謝った。ただでさえ仕事で疲れているのに、統真様に余計な心配をさせてしまった。

「……ごめんなさい」

統真様は私を両腕で抱きかかえて歩き出す。

こうやって腕に抱かれて運ばれるのは、もう何度目だろう。私はその度、荷物になったような気分で彼に身を預けるしかない。

「統真様、疲れていらっしゃるでしょう！　自分で歩きます！」

そう告げると、彼は少し意地悪く笑いながら私を見下ろす。

「椿、こうやって抱きかかえられるのは苦手だろう」

「はい。苦手というか……嫌ではないのですが、恥ずかしくて。申し訳ないですし」

それを聞いた統真様は満足そうに笑った。

「俺を待つなら、次からはせめて居間で待っていてくれ」

「はい」

「風邪でもひかれたら、心配だ」

「はい」

「仕事中、椿がまた庭先で眠っているかもしれないと考えると、身が入らない。気が散って、怪我をしてしまうかもしれない」

その言葉に青ざめ、彼の外套を握った。

「それは絶対にいけません！」

「怪我をするかもしれないというのは、ただのたとえだ」

彼は私を腕に抱いたまま階段をのぼり、寝室に運んで、布団の上に転がした。

それから苦しいくらいに、私に何枚も布団を被せる。

統真様は布団の側に胡座をかいて頬杖をつき、こちらをじっと見下ろしながら硬い声で言った。

「いいか、約束だぞ。もし次にまた外で俺を待っているのが分かったら、椿を抱きかかえたまま、街中を歩き回るからな」

統真様に抱きかかえられて、あちこち移動している自分を想像し、ふっと笑みがもれる。

「それでは、統真様も恥ずかしいのではないですか」

「俺は誰に何を言われてもかまわない」

「高柳さんに見つかったら、きっとからかわれます」

統真様は眉を寄せた。

「それは少し心外だな」

「でも、なんだかそれも楽しそうかもしれないと思ってしまいました」

統真様は私の手を握り、静かにこちらを見下ろした。

「ようやく氷のように冷たかった手が、温まってきたな」

「統真様、私は本当に平気ですから。お疲れでしょう。早くお風呂に入ってください」

「むしろ椿ももう一度温まった方がいい。一緒に入るか？」

その問いかけに、目を見開いて硬直してしまった。

「……いや、冗談だ」

「そうですよね」

統真様が冗談を言うことが珍しいので、つい真に受けてしまいそうになった。

「とにかく、心配させるようなことをするな」

「はい。もうしません」

「同じことをしたら、何度でもこうやって椿の手が温まるまで見張るからな」

その言葉にくすりと笑う。

「……それは嬉しいですね」

「嬉しい……？」

「私の母は身体の弱い人だったので、よく高熱を出して寝込んでいました。熱が出ている時は風邪がうつるといけないから、近づくなと言われました。だけど私は母の側にいられないのが寂しくて。そんな時、いつも母はこうして手を握ってくれたんです。なんだかその時のことを思い出して、懐かしい気持ちになりました」

「……母親か」

布団に入り身体が温まってきたせいもあり、だんだん目蓋が重くなってきた。

「統真様。早く休んでくださいね」

「ああ。椿が眠るまで、ここにいる」

私は統真様を心配させてばかりだ。もっと立派な妻になりたいと考えながら、目蓋を閉じる。

「おやすみなさい、統真様」

そう言ってから、どのくらいの時間が経っただろう。

頭に、優しい手の平の感触があった。今、頭を撫でられた気がしたのは、気のせいだろうか。もしかしたら、私はもう夢を見ているのかもしれない。

「おやすみ、椿」

耳朶に触れる声も、とても優しい。

まるで小さな子供に戻って甘やかされたようで、嬉しかった。


翌日の朝は、とてもいい天気だった。

統真様が仕事で屋敷を出た後、私は弥子と八雲さんの家事を手伝っていた。しかしふたりとも仕事が早いので、手持ち無沙汰になってしまうことが多い。

「他に手伝えることはないですか？」

八雲さんに声をかけると、ふむと首を傾げてから、私を庭に案内した。

庭には八雲さんが手入れをしている季節の花々が咲き誇っている。

「綺麗ですね」

八雲さんは柔和に微笑んで言った。

「屋敷の庭は、なんとか私だけで手入れできているのです。ただ、敷地全体となると、なかなかそうもいかなくて。付いて来ていただけますか」

八雲さんは勝手口から屋敷の外へ出て、屋敷の周囲を歩き出した。

「この場所も、統真様の持ち物なんですよね」

「左様でございます。向こうにある山まで全部、統真様のものです」

私は屋敷の裏に連なる小高い山を見つめた。八雲さんは笑いながら言う。

「椿様があの山を手入れしたいのでしたら、お任せしますがさすがに広すぎますね」

「たしかに、手入れのしがいはありそうですが」

「最初に見ていただきたいのはここです」

八雲さんが指差した先には、何も植物が生えていなくて、ぽっかりと空いた寂しい土地があった。

庭というか、むしろ畑として作物を植えられるくらいの広さがある。

「ここには何も植えないのですか？」

そう問いかけると、八雲さんは困ったように眉を下げた。

「昔何度か植物を植えて育てようと挑戦したのですが、いつもうまくいかないんです。何が原因なのでしょうね」

私はその場にしゃがみ、土に触れて観察する。

日当たりが悪いわけではなさそうだ。しっかり太陽の光は当たっている。土もそこまで痩せている感じはない。

私は八雲さんに問いかけた。

「もしよかったら、私がこの場所で何か育ててもいいですか？」

八雲さんは笑顔で頷いた。

「もちろんです。統真様も、椿様に庭の一部を任せてみてはと仰っていました。花でも果物でも、椿様のお好きなようにどうぞ。ですが他にも植物を植えられる場所はたくさんあります。他の場所の方が、失敗しなくてよいかもしれませんよ」

私は八雲さんに微笑み返した。

「もし何度か挑戦して、それでもダメだったら別の場所にしてもいいですか？　どうしてこの場所に植物が生えないのか、気になるんです」

そう問いかけると、八雲さんは穏やかに頷いた。

その日から、私は統真様が仕事に向かった後、毎日せっせと庭の手入れをするようになった。

義母の屋敷にいる時から、植物は好きだった。

理由のひとつに、私が植物の声が聞こえるからというのもあるだろう。

屋敷から出ることを禁じられ、友人がいなかった私は、草花だけが友人のような存在だった。

義母は私に屋敷の花壇の手入れを押しつけていた。

屋敷には庭師がいたので、元々はその人が花壇も手入れしていたはずだ。花壇のことを私に任せたのは、ただ単に嫌がらせだったのかもしれない。

けれど私は植物が好きだったので、花壇の手入れをできる時間は至福だった。

屋敷を訪れた人が、私が植えた花々を褒めてくれると嬉しかった。義母は私が褒められると機嫌が悪くなるので、ジョウロの水を私に浴びせたり、咲いた花を鋏（はさみ）で切られたりしたこともあったけれど……。

昔のことを思い出して暗い気分になりそうだったので、頭を振って気持ちを切り替えた。

今は好きな時に外に出て、広大な土地を自由に手入れできる。

どんな植物を植えようか考えただけで、心が弾んだ。

翌日の朝。時計を見ると、朝の六時過ぎだった。

統真様は、今日は非番のはずだ。

まだ眠っている統真様を起こさないようにこっそりと布団を出て、私は庭へ急いだ。

あれから私は八雲さんに任せてもらった土地をならして、花の種を蒔いた。

私がジョウロで水をやっていると、統真様がこちらへ歩いてくる姿が見えた。

「統真様！」

私は驚いて手を止める。

「ずいぶん早起きだな」

「ごめんなさい、起こしてしまいましたか？」

「いや。窓から椿がここに向かう姿が見えてな。気になって下りてきただけだ」

統真様は私の隣に並び、まだ何も生えていない土地を見下ろした。

「この場所を八雲に任されたらしいな」

「はい。何度植物を植えてもうまく育たない場所らしく、気になったので」

「わざわざここにせずとも、他にも土地はあっただろう」

私は笑顔で彼に答える。

「深い理由はないんですが、この土地が気に入ったんです」

「それならいいが」

「統真様、ありがとうございます。私、昔から植物が好きなので。種を蒔く許可をもらえて、とても嬉しいです」

統真様は落ち着いた表情で頷いた。

「ここでは何を育てているんだ？」

「八雲さんにいただいた種を蒔いてみました。木春菊（もくしゅんぎく）という花です。外国では、マーガレットと呼ぶらしいです」

「聞いたことがないな」

「私も実際に見たことはないのですが、可愛い花が咲くらしいですよ。花の色も、白や黄色、オレンジにピンクと色々あるようです。この種は何色のものなのかしら」

「八雲に聞かなかったのか？」

「はい。花が咲いてから分かるのも、それはそれで楽しいと思ったので」

「どの色が咲くか、楽しみだな」

「はい！　ただ寒さに弱い植物らしいので。その点が心配ですが」

私がそう呟くと、統真様は真剣な表情で言った。

「もし必要なら、温室を作ってもいいが」

「温室ですか」

魅力的な提案に、私は目を輝かせる。

昔温室の中に植物園を作り、様々な花を育てている本を読んだことがある。専用の植物園なんて作れたら、どんなに楽しいだろう。だが温室を作るのには多額の費用がかかるはずだ。私の趣味でそんな大がかりな物を購入してもらうのは申し訳ない。

「いつか温室の植物も育ててみたいですね。でも、今はこの場所だけで充分です。ここに綺麗な花が咲いたら、少しずつ庭を広げていきます」

統真様は、私を見て優しく微笑んだ。

「私、何かおかしなことを言いましたか？」

「いや、植物のことを語る椿は、生き生きしていていいと思っただけだ」

その言葉に、私はいっそう笑顔になった。


私はその後も、毎日せっせと花壇の花を育てた。

一週間もすると、花壇の土から小さな芽が出てくる。

八雲さんが植物の育たない土地だと話していたので心配だったが、ほっとしながら水をやった。

さらに三日ほどが経過すると、白やオレンジ、ピンクの可愛らしい花がいくつも咲いた。

私が花が咲いたことを教えると、その日の夕方、屋敷のみんなで花を見物しようと裏庭に集まった。

私と統真様、それに弥子と八雲さんの全員で並んで裏庭を眺める。

八雲さんは驚いたように目を見開き、それから満面の笑みを作った。

「おやおや、ここは何度私が挑戦しても花が咲かない場所だったのですが。さすが椿様です。今度から、植物のことは椿様に教えていただかなくては」

私は照れながら返事をした。

「いえ、たまたまうまくいっただけです」

隣で花を見ていた弥子も、嬉しそうに花の香りをかいだ。

「とっても可愛い花ですね。マーガレットというお花でしたか」

「そうなの。私も、実際にこの花を見るのは初めてなの。何色の花が咲くかと思ったら、色んな色が混ざっていたみたい」

私の隣に立っている統真様は、不思議そうな表情で問いかけた。

「……気のせいかもしれないが、ずいぶん育つのが早くないか？　種を蒔いたのは、十日くらい前だろう？」

八雲さんも同じように不思議そうな顔をする。

「たしか、種を買った花屋の話では、順調に行っても発芽まで一ヶ月ほどはかかるということでした」

私は小さく頷いて言った。

「はい、そうなのです。実は私が携わると、どうも植物の成長が早まるらしく」

統真様が感心したように瞬きをする。

「そんな力まであるのか」

「……ただ、植物にとってはいいことなのか分かりませんが。咲くのが早いということは、枯れるまでの日数も早いということですから。寿命を縮めてしまうことになるので」

私はマーガレットの花に触れる。

昔から、私のかかわった植物は急に成長してしまうことがある。もっと力を込めれば、獣憑きに目眩ましをした時のように綿毛を飛ばしたり、茎や葉を伸ばしたりすることもできる。

だがそれもやはり、植物の命を奪う行為になってしまう。種を蒔けばまた花をつけることもできるが、私の勝手で植物の命を奪ってしまうのは忍びない。

じっとマーガレットを見ていた私に、統真様は言った。

「やはり、植物が好きなのだな。朔夜の人間だからか」

「それもあるかもしれませんが……」

私は着物の裾を握り、少し覚悟して打ち明けた。

「私、植物の感情と言いますか、話している言葉が分かる時があるんです」

「それは、初めて聞く異能だな」

統真様が、素直にその言葉を受け入れたことに驚く。

昔、植物の声が聞こえるのだと、沙彩に話したことがある。

出会ったばかりの頃の沙彩は、私を「お姉様」と呼んで後を付いて歩いて、慕ってくれたからだ。

けれど義母に言われたせいか、いつからか沙彩は私を冷たい目で睨むようになり、まともに話してくれなくなった。

私が植物の異能を打ち明けた時にはもう、沙彩は私を嫌うようになっていた。結局嘘つきだと罵られ、泥団子をぶつけられた。それからは、この異能のことは一切他言しないようにしていた。

「統真様は、こんな話を信じてくださるのですか？」

統真様は当然のように頷いた。

「それが朔夜の能力だろう。疑う必要などない。それとも偽りなのか？」

私は首を大きく横に振る。

「いえ、本当のことです。今までも、これからも、統真様には嘘など言いません。絶対に」

そう告げると、統真様は柔らかく微笑んだ。

「そうだろう。ならば、俺も椿の言葉を信じよう」

その笑顔に、とくりと胸が鳴った。

最近、統真様はよく笑ってくれるようになった。

統真様の笑顔を見られると、私は幸せな気持ちで満たされる。

私たちは、しばらく静かに見つめ合っていた。

統真様は私の手を引いて言う。

「そろそろ屋敷に戻るか」

気がつくと、さっきまで側にいたはずの弥子と八雲さんの姿がない。

「ふたりはどこですか？」

「どうやら、何も言わずに先に屋敷に戻ったようだ。変な気を使われているな」

統真様の手を握り、再び視線が重なると互いに自然と笑みがこぼれた。

裏庭から台所へ行くと、弥子は夕餉の準備をしているところだった。

「弥子、私も食事の準備をするわ」

そう告げると、弥子はにやあっと悪戯が成功した子供のように笑う。

「おふたりとも、いい空気でしたね。お邪魔かと思って、八雲と弥子は退散しました」

私は照れくさく思いながら野菜を刻む。

「変な気を回さなくてもいいのに」

弥子は味噌汁の味噌を溶きながら、楽しげに言った。

「統真様、最近雰囲気が柔らかくなりましたね。よく笑っていらっしゃる気がします」

「そうなの！」

弥子も彼の変化に気づいていたことが嬉しくて、声が明るくなる。

「統真様、笑うと目元が優しくて、私はいつも幸せな気持ちになるわ」

弥子はしみじみと頷きながら言った。

「椿様が、近くにいらっしゃるからですね」

「私が関係あるのか、自信はないけれど……。もしそうだったら、嬉しい」

「ええ、ええ。もちろんですよ」

統真様と長く一緒に時間を過ごしたいと思ったけれど、彼は忙しい人だ。

マーガレットを見た翌日、また獣憑きの討伐の予定が入ったらしい。詳しくは口外してはいけないようだが、最近現れた獣憑きが凶悪で、軍の人々は頭を悩ませているのだという。

朝、玄関まで統真様を見送りながら問いかける。

「今日もお帰りが遅いのですか」

「そうだな。これから数日は、帰りが深夜になるかもしれない。俺を待たずに、先に眠っていてくれ」

「統真様が帰って来られるまでは、起きていてもいいですか？　私がそうしたいので」

統真様は悩んでいるからか、数秒無言になった。

彼を困らせているという自覚はあった。だが、統真様が凶悪な獣憑きと戦っているのなら、帰宅した彼の無事を見届けるまでは、心配でどうせ眠ることなどできない。

私の考えが伝わったのか、彼は諦めたように呟いた。

「相変わらず、椿は頑固だな。分かった。起きていてもかまわない」

それから子供に言い聞かせるように、私をじとりと見つめて言う。

「いいか、きちんと寝室で待っているんだぞ」

私はその言葉に何度も頷いた。

「もちろんです。約束を破ると、仕置きをされてしまいますから。抱きかかえられて、街中を巡るのは嫌です」

その返事を聞いた統真様はおかしそうにふっと微笑み、手を振った。

「行ってくる」

「行ってらっしゃいませ」

私は統真様が怪我をしないように祈りながら、彼の背中を見送った。


統真様が仕事に向かうと、私はいつものように屋敷の掃除をはじめた。

弥子と一緒に家事をするのは楽しい。

義母の屋敷にいる時は、私がどれほど懸命に家事をしても、義母の機嫌によって理不尽にやり直しさせられたり、罰を言いつけられたりした。憂鬱で苦痛な時間が続くばかりだった。

この屋敷には、優しい人しかいない。

弥子も八雲さんも、そして統真様も、みんな私を気づかってくれる。料理を作ればおいしいと褒めてくれるし、掃除をすれば助かったとお礼を言ってくれる。

誰かのために行動することがこんなにやりがいがあるのだと、初めて知った。

窓の拭き掃除が終わり、汚れがないか確認していると、弥子がハタキの埃を払いながら言った。

「椿様が毎日一緒にお掃除してくださるから、どこもかしこも綺麗ですねぇ。弥子はのんびりできる時間が長くなって、助かります」

たしかに、弥子の言うとおりだった。一緒に掃除をすると捗るし、もともと弥子と八雲さんが隅々まで屋敷の手入れをしてくれていたので、私が増えてもあまりやることがないのだ。

「私、弥子と八雲さんの仕事を奪って余計なことをしているかしら？」

真剣な表情でそう問うと、弥子はくすくすと笑った。

「余計なんてとんでもない！　まったく椿様ったら、助かると言っているじゃないですか。今日八雲はお休みですが、椿様が来る前は、ほぼ年中無休でしたからね。まあ弥子も八雲も統真様が好きでここでお手伝いをしているから、不満はないのですが。八雲も老体ですから、たまには骨休めをしないといけません。だから椿様がいてくださって、助かっているのですよ」

「そう、それならよかったけれど。八雲さんがお休みということは、今日は車の運転は別の人がするの？」

私はほっとしながら頷いた。

八雲さんの主な仕事は統真様の運転手だ。この屋敷には使用人がふたりしかいないが、まさか弥子が車を運転するということはないだろう。

「八雲が休みの日は、統真様ご自身で車を運転なさいますよ」

「あら、そうなの」

「弥子も八雲も両方いない日は滅多にありませんが、そういう日はお料理もされますし」

「統真様、料理もできるの！」

「ええ、統真様は、基本的にご自分で何でもできる方ですからね」

その言葉には納得だった。

屋敷の掃除が午前中に終わってしまったので、後は夕餉の準備をする時間まで、庭の植物を見に行くくらいしかやることがない。

統真様がいない時間は、なんだか流れが遅く感じる。

弥子とふたりで夕餉を食べ終えてから、寝る支度を整え、私は寝室にある時計を眺める。夜の十時半を過ぎているが、統真様はまだ屋敷に戻っていない。

それからどのくらい経っただろうか。

寝室で本を読んでいた私は、自動車が砂利の上を走る音を聞きつけて、布団から飛び起きた。

慌てて玄関まで下りると、ちょうど統真様が帰宅したところだった。

「おかえりなさい」

そう声をかけると、統真様は少し疲れた表情で答える。

「ああ、まだ起きていたのか。ただいま、椿」

統真様はいつものように脱いだ外套を私に渡してから、縁側へと向かった。

帰宅した統真様は、縁側で刀の手入れをするのが日課だ。側にいても怒られはしないので、私はいつも隣でその光景を見学させてもらっている。

傍目に見ても、彼の顔には疲労が色濃く浮かんでいた。本当はもっと休んでもらいたいけれど、仕事のことに詳しくない私が口出しすべきではないだろう。

私に何かできることがあればいいのに……。

統真様は静かに刀の汚れを拭っている。

「連日討伐でお忙しいですね」

「そうだな。ここ数日、さすがに疲れが溜まっている」

「統真様のお身体が心配です。お帰りが遅いこともですが、危険なお仕事でしょう。訓練を積んだ隊員でも、命を落とすことがあると仰っていましたよね。もし統真様に、何かあったらと思うと……」

私はそこで言葉を詰まらせた。

統真様の刀の腕は、きっと一流だと思う。

玻璃宮で獣憑きから助けられた時の一度見ただけだが、彼の剣技が優れていることは明らかだった。彼ほどの刀の腕前なら、きっと心配する必要はないのだろう。

けれどもし、統真様が獣憑きに襲われて大怪我をしたら。

そう想像するだけで、胸が潰れそうになる。

彼の存在が、日に日に自分の中で大きく膨らんでいるのに気づいた。もし彼を失ったら、私はどうなってしまうのだろう。

私が深刻に考えて不安になっているのが伝わったのか、統真様は私を見つめながら言った。

「安心しろ。俺はどこにも行かない。何があっても、必ず椿の元へ帰ってくる」

私はしっかりと頷いた。

「そうですよね」

刀の手入れを終え、鞘にしまうと、統真様は疲れたように息をついた。

「少し横になってもいいか？」

「はい、もちろんです」

統真様は身体を縁側で横に倒し、私の膝に頭を乗せて、眠そうに目蓋を伏せる。彼らしくない行動に驚いたけれど、よほど疲れているのだろう。私は彼を見下ろしながら呟いた。

「少ししたら、お布団できちんと休んでくださいね？　ここでは疲れが取れませんから」

「ああ。数分だけ、こうさせてくれ」

彼の長い睫毛（まつげ）がうっすらと影を作るのを見て、綺麗だと思う。

私はそっと統真様の頬に触れる。

彼は少しくすぐったそうに身じろぎした。

目蓋を薄く開いて、真っ直ぐに私を見上げる。

統真様の赤い瞳は、相変わらず宝石のようだ。

「おかしな女だな、椿は」

「どうしたのですか、突然」

「俺が狼の姿に変わることを知っているだろう。恐ろしいと思わないのか」

今さらな問いかけだった。

「統真様を恐ろしいと思ったことなど、一度もありませんよ」

むしろ、あの狼の姿は愛らしいとすら思う。

私はふと疑問に思っていたことを問いかけてみた。

「あの……統真様は、今も狼の姿に変わることができるのですか？」

初めて出会った時、美しい銀色の狼だった彼の姿を思い出しながら言う。

「ああ、別に変わろうと思えば、狼に変化することはできる。……だが、人の姿の方が馴染んでいる。好んであの姿になろうとは思わない」

どうやら、狼の姿になるのは好ましくないらしい。狼の姿が見られないのは少し残念だけれど、統真様が嫌がることはさせたくない。

狼の姿の話は、もうしない方がいいのだろうか。

そう考えていると、統真様は私の手の上に自分の手の平を重ねて言った。

「椿に触れられると、疲れが癒える」

「そうですか？　それなら私も嬉しいです」

「いや、比喩ではなくてな。おそらく朔夜の一族の力だろう」

植物以外の異能を使ったことがないので、その言葉に驚いた。

「そうなんですか？」

「俺は神の一族だからな。穢れが溜まると、体調が悪くなる。身体は重いし、纏う空気も重くなる。……椿なら、獣憑きの周囲に黒い靄が渦巻いていたのが見えたんじゃないか？」

「はい、見えました」

その言葉で、どうやらあの黒い靄が通常は見えないものだったのだと気づく。あんなにハッキリ、獣憑きの周囲を覆っていたのに。それだけでなく、街全体を覆うような靄だったのに。他の人には見えないのだろうか。

「あの靄は獣憑きの怨念というか、負の感情だ。それを刀で斬れば斬るほど、どうしても斬った側にも穢れが溜まる」

「穢れが溜まると……、やはり、よくないのですか」

「ああ。身体はもちろん、心も病みやすくなるらしい。悪い影響が起こる。だが椿が触れると、その穢れが浄化されていくのが分かる」

「通常は、その穢れはどうやって浄化するのですか？」

「屯所の奥に泉があって、そこに特別な水が湧くんだ。神水と呼ばれている。もともと、古の神の涙がその泉になったという逸話があるが、嘘か誠かは分からない」

「そんな場所があるのですね」

「ああ。天ツ国に住む者たちは、穢れが溜まるとその水を飲んだり、身を清めたりすることで穢れを落としたりしているんだ」

その説明に納得して呟いた。

「なるほど。私が触れることで統真様の役に立つのなら、いくらでも触れます」

統真様はこちらを睨むように上を向き、低い声で言った。

「あまりそういう恥ずかしいことを言うな」

出会った頃だったら、きっと統真様が怒っているのだと考えただろう。

けれど、今は分かる。もしかして、統真様は照れている……？

そう考えると、私も恥ずかしくなってきた。いくらでも触れるなんて、大胆な発言だったかもしれない。

統真様は身体を起こして立ち上がった。

「風呂に入る」

「はい」

統真様はそのまま何事もなかったように歩いて、風呂場の方向へ向かった。

自分の発言を思い返し、頬が熱くなる。

軽率だったかもしれない。

「……はしたないと思われたかしら」

私はその場に座り込んだまま、しばらく動くことができなかった。

三章

翌朝目覚めた私は、まだ眠い頭で布団から起き上がり、下に降りて顔を洗った。

台所に向かおうとすると、廊下を曲がって歩いてきた統真様と鉢合わせる。

目が合った瞬間、昨夜の発言を思い出し、少し頬が熱くなる。

「統真様！　おはようございます」

おまけに動揺していたから、声が裏返ってしまった。

統真様は笑いを噛み殺した声で返事をする。

「……おはよう」

恥ずかしい。統真様はいつもどおりだし、私も冷静にふるまおう。

「あの、今日はお仕事、お休みなんですよね？」

以前から、今日は非番の日だと聞いていた。統真様が一日屋敷にいてくださるのは、私も嬉しい。

「ああ、今日は休みだ。そうだ、それで椿に話そうと思っていたことがあったんだ。今月末に、パーティーに参加しないといけなくなった。椿にも一緒に来て欲しい」

「パーティーですか……」

今月末というと、あと三週間くらいだ。

義母の屋敷に閉じ込められて育った私は、当然ながらパーティーというものに参加したことがない。義母と沙彩は華やかなドレスを着てよくパーティーに出かけていたので、ドレスを着て踊ったりする場所だという知識しかない。

「急な決定ですまないな。真神の人間が勝手に予定を決めたらしい。俺もつい先日聞いたんだ」

「パーティーということは、たくさんの方が参加されるんですよね」

統真様は忌々しそうに顔をしかめた。

「そうだな。天ツ国を牛耳っている神々が集まるはずだ。面倒な老人も大勢いる」

「何か、重大な式典が行われるのですか？」

「婚約自体は椿と出会った直後に交わしていたが、主な目的はそれを正式に広めるための催しだな。そのうち挙式もするから、その前祝いのようなものだ」

他人事だと思っていた私は、衝撃を受けた。

「つまり、統真様と私の結婚をお披露目するためのパーティーなのですか？」

「そうだ」

「そ、それは緊張しますね」

天ツ国を統べる神々ということは、この国の未来を大きく左右する神様のはずだ。もし何か失礼な態度を取ってしまったら、下手をすると命がないのでは。想像すると緊張で背筋が寒くなった。

「心配するな。椿は俺の隣にいてくれればいい。面倒なことを言うやつがいたら、俺が容赦しない」

そう言った統真様の目は、笑っていなかった。

彼が隣で睨みをきかせてくれていれば、たしかにどんな人が現れても安心できる気がする。

「その日のために、何着か椿のドレスを仕立てるつもりだ。今日椿に予定がなければ、ドレスを見繕うために出かけたいんだが。どうだ？」

「はい、もちろん大丈夫です。けれど私、洋装を着たことがなくて」

都会のモダンガールたちは、颯爽と洋装を着こなしている。

実際この間玻璃宮を訪れた時も、洋装と和装を組み合わせたオシャレな人たちとすれ違った。洋装は可愛らしいし憧れもあるけれど、私はまだ気後れして着物しか着たことがない。

「大丈夫だ。俺も選びに行くし、弥子と八雲もいる。店の人間も選ぶのを手伝ってくれるだろう」

その言葉を聞き、ほっとして頷いた。

「そうですね。統真様が一緒に選んでくれるのなら、安心です」

「では、昼前に出かけよう」

「はい」

玻璃宮に出かけられる緊張と楽しみな気持ちで、自然と足取りが軽くなった。

「せっかく出かけるのですし、おめかししましょう！　今日の日のために、統真様に頼んで買い込んだ服がたくさんあるのですよ！」

出かける前に弥子はそう言って、簞笥から様々な服を取り出した。

「どのような柄も似合うと思うのですが、やはり雰囲気を出すなら矢絣柄ですかね」

そう言って弥子は臙脂色の矢絣柄の着物と、紺色の袴を選んでくれた。

髪の毛を編み込み、椿の髪飾りをつけてくれる。

弥子は目を細めて嬉しそうに言った。

「椿様が最初ここにいらしたばかりの時は髪をとくのに苦労しましたが、手入れを続けた今では艶やかでお綺麗な髪になりましたね」

「それなら弥子のおかげね」

私がお風呂から上がった時、弥子はいつも髪を丁寧にときながら椿油を塗ってくれる。その努力の賜物だろう。

「足元は茶色の編み込みブーツです。それと、レースのついたパラソルも持ちましょう。突然洋装にするより、こうして和装と組み合わせると着やすいでしょう？」

「たしかにそうね。でも、これって女学生の格好じゃない？」

姿見に映った自分の姿が見慣れないものなので、おかしくないかとそわそわしてしまう。

「何言ってるんですか、椿様だってお若いじゃないですか！　どんどん可愛い格好をしましょう。フリルやレースのワンピースもきっと似合いますよ」

服を選んでくれる弥子が楽しそうなので、私も一緒に楽しくなる。

「ありがとう、弥子。とても嬉しいわ。それに、和装と洋装を組み合わせた服はいつも弥子が着ているものね。おそろいみたいでそれも嬉しい」

そう告げると、弥子は照れたようににこにこと笑みを深くする。

私は一階へ下り、椅子に座ってコーヒーを飲んでいた統真様に服を見せに行く。

弥子は私の後ろから顔を出して言った。

「どうですか、統真様！　椿様、お似合いでしょう」

私の服装を見た統真様は、柔らかく微笑んだ。

「ああ、たしかに似合っているな。椿の着物姿もいいが、そういう服装も新鮮だ」

その言葉に、心が弾む。

私を待っていた統真様も、今日は洋装だった。

普段家でくつろいでいる時は着物姿なので、珍しい。

ワイシャツに紺色のネクタイ、細身の黒いズボンは背の高い彼によく似合っている。

「そろそろ玻璃宮に向かうか」

そう言って、統真様は丈が少し長い、灰色の薄手の外套を羽織った。

「統真様のお洋服も、とてもお似合いです。統真様はどんな服装でも様になりますね」

私がそう告げると、彼は少し照れたように微笑んだ。


八雲さんの運転する車に乗り込み、全員で玻璃宮に出かけることになった。真神家では、こういう行事の時のために贔屓(ひいき)にしている店があるらしい。

大通りに並んだ高級店の数々に、私は尻込みしてしまう。

「ここだ」

統真様が店内に入ると、五人ほどの女性店員が出迎えてくれた。

「いらっしゃいませ、真神様。お待ちしておりました」

広い店内には、他の客はいない。どうやら貸し切りのようだ。

統真様と顔見知りらしい女性店員が、笑顔で言った。

「真神様、本日は夜会用のドレスをお探しとのことでしたね」

「ああ、そうだ」

「どうぞご自由にお手に取ってご覧ください」

女性店員は愛想良く私にも微笑みかける。私は緊張しながら小さく会釈した。

店内に並んでいる煌びやかなドレスの数々を見て、感嘆の声をあげることしかできない。色とりどりのドレスはまるで花のようで、全部素敵に見える。私は緊張しながら、遠巻きに美しいドレスの数々を眺めた。

女性店員は私に向かって、あらかじめ選んでおいたらしい、いくつかのドレスの説明をする。

「社交界では、この形のドレスが今流行なんですよ」

「なるほど……」

「こちらのドレスは、背中部分がゆったりしたシルエットです。ですがダンスを踊るなら、ぴったりと身体にフィットさせたものの方が向いているかもしれませんね」

ダンスを踊るという初耳の言葉で、頭の中がいっぱいになる。

もしかして、私も踊るのだろうか。

固まっている私に気づかず、女性は次々とドレスを紹介する。

「このドレスはシルクサテンの生地ですから、肌触りがよくて着心地がいいです。ほら、ふんだんにレースとフリルがあしらわれて愛らしいでしょう？」

すすめられるまま、ドレスに触れる。たしかに今まで触れたことのないようななめらかな肌触りだ。

「本当ですね。すべすべしています」

「そうでしょう？　夜会用に特におすすめなのは、こちらのバッスルドレスですね」

バッスルドレスは、スカートの後ろが大きく膨らむ形になっている。背中には大きなリボンがついていて、ドレスの下はだんだんに重なったレースで華やかだ。

どうしよう。女性は丁寧にひとつひとつのドレスを説明してくれるけれど、まるで呪文のようで、どれがよいのかまったく分からない。私は曖昧に微笑むことしかできない。

ふとドレスの足元に置いてあった値札に視線をやった。そこにはとんでもない金額が書かれている。このドレス一着で、一般的な家族数ヶ月分の生活費をまかなえる。驚きで息が止まりそうになり、統真様に小声で訴えた。

「統真様。こんな高価なもの、受け取れません」

統真様はいつもどおりの淡々とした声で答える。

「勘違いするな。俺は真神の当主だ。当主の妻が貧相な格好をしていたのでは、真神家の恥になる」

「そ、それはたしかに……」

統真様の口調は一見素っ気ないが、彼としばらく一緒に過ごした今では、私を遠慮させないように気づかってくれたのだと理解できる。

実際天ツ国の御三家である真神家の当主の妻たるもの、半端な格好では彼の名に傷をつけてしまうかもしれない。統真様は腕を組んで私の隣に並び、ドレスを見渡しながら言った。

「どの色が好きだ？」

「私、ドレスのことはよく分からなくて……。でも、明るい色は自分に似合わないのだろうなと思います」

その言葉に、統真様は不満そうに眉を寄せる。

「着物も暗い色のものをよく着ているな」

「はい」

好んで着ているというよりは、母の形見の着物が藍色だった名残で、ずっと似た色を選んでしまうだけなのだけれど。

「まぁ暗い色も似合うから、紺色や藤色のドレスは仕立ててもいいな」

「そうですね、あちらにある淡い色味の藤色のドレス。本当に藤の花のようで、とても美しい色だと思います」

「だが明るい色が似合わないということはないだろう。試しに、その赤いドレスを着てみたらどうだ？」

統真様が選んだのは、目が覚めるような真紅のドレスだった。

「赤、ですか……」

こんな派手な色の服は、一度も着たことがない。

華やかさに気後れしてしまう。

それに赤い洋服を見ると、どうしても義母のことを思い出し、身体が固くなってしまう。

初対面の時、義母は赤いワンピースを身につけていた。

洋装の女性をほとんど見たことがなかった私に、彼女の赤い洋服は鮮烈な印象を植え付けた。こういう華やかな赤は、義母のような自信に満ちた女性の色だ。きっと私には似合わないだろう。

戸惑っていると、統真様が問いかけた。

「椿、大丈夫か？　顔色が悪い。具合が悪いのなら、休んだ方がいい」

「いえ、あの、平気です。少し考え事をしていただけなので」

「別に一度着たからと言って、このドレスを選ぶ必要はない。それに椿が嫌だと思うなら、無理にすすめるつもりはない」

私は首を横に振り、ハッキリと告げた。

「いえ、試してみます」

せっかく統真様がすすめてくれたのだし、挑戦してみよう。

試着室でドレスを身につける。着方が分からず戸惑っていたら、女性店員が手伝ってくれた。

カーテンを開き、待っていた統真様に声をかけた。

「統真様、お待たせしました。いかがでしょう？」

「……」

統真様は驚いたように目を見開き、無言でこちらを見つめている。

「統真様？」

再度声をかけるが、統真様は驚いた表情のままだ。

何も言ってくれないので、恥ずかしくなってしまった。

「やはり私には似合っていませんよね。ごめんなさい、すぐに着替えます」

調子に乗ってしまった自分が恥ずかしい。試着室に引っ込もうとすると、弥子が私の元に早足で駆け寄って来て、わっと叫ぶ。

「そんなことありません！　似合っておられます！　とても！　可憐で外国のお姫様のようですね。統真様もそう思いますでしょう？」

「ああ……」

八雲さんも私にあたたかな笑顔を向けてくれた。

弥子が賑やかな声で言った。

「あまりにも椿様がお美しいから、言葉を失っていたのでしょう？　そうでしょう？」

矢継ぎ早に問いかける弥子に対し、統真様は軽く彼女を睨む。

「やかましい」

それから統真様は私を見て、照れくさそうに呟いた。

「いや、本当に似合っている。椿の漆黒の髪に、赤いドレスがよく映えるな」

そんな統真様の様子を、弥子がにやにや笑いながら見守っている。

「統真様、一番に椿様を褒めたかったのに弥子に横取りされて不機嫌なのですね？」

「五月蠅（うるさ）いっ！」

弥子はこれ以上怒られるのを避けたのか、小走りで別の場所に走って行ってしまった。

「弥子は装飾品を見て参ります！　ドレスに合うイヤリングやネックレス、バッグや靴も必要ですので！　八雲、一緒に向こうで選びましょう！」

「はいはい、選びましょうね」

女性店員のひとりはその言葉に反応し、弥子と八雲さんについて行った。

「それなら、おすすめの品がございます！」

彼らの様子を眺めながら、私は統真様と笑みを交わす。

「そのドレスを着ていると、本当に赤い椿の花のようだな」

「もったいないお言葉です。椿の花は大好きなので、そんな風に褒められると嬉しいです」

その言葉で、思い出すことができた。

そうだ。赤は、私の大好きな赤い椿の色だ。

お母様が私につけてくれた大切な名前の、由来になった花の色。

赤は義母だけの色じゃない。

この色は、私の大切な色でもある。

「そのドレス、気に入ったか？」

私は満面の笑みで答える。

「はい！　とても」

それを聞いた統真様は満足そうに頷き、近くにいた女性店員に声をかける。

「この生地で仕立ててくれ」

「かしこまりました」

「あと、こちらの藤色のドレスも彼女の寸法に合わせて仕立ててくれ」

店員はにこやかに笑いながら、私の腕や腰の寸法を測る。

「奥様は華奢でお可愛らしいですね」

「お、奥様……」

呼ばれ慣れない言葉に、気恥ずかしくなる。

統真様は最終的にドレスを五着と、普段着用に着られるワンピースも購入してくれたようだ。それにドレスに合うアクセサリーやバッグ、靴も選んでもらった。

いったいすべて合わせてどのくらいの金額になるのか考えると、小心者の私は胃が痛くなる。

「こんなにたくさん、よろしいのでしょうか」

「頻繁に来るわけじゃないし、この機会に買っておいていいだろう。どうせ催しの度に選ぶことになるんだ」

「統真様、ありがとうございました」

「礼を言う必要はない。真神家の都合で必要になったから、買っただけだ」

ドレスを選び終わったので洋服店を出る。このまま帰宅するのかと思ったが、弥子がにんまりと笑いながら言った。

「それでは統真様と椿様は、ゆるりとおふたりで街を散策してください」

「弥子と八雲さんは？」

「弥子たちは、電車でこのまま帰宅します。帰りは統真様が車を運転なさってくださいね」

統真様も、その言葉を素直に受け入れた。

「そうか。まあせっかくの機会だから、街を歩いてみるか」

私は嬉しくなり、声を弾ませた。

「はい！」

違う方向へ歩いて行く弥子と八雲さんを見送り、私は統真様とふたりで大通りを歩きはじめた。

玻璃宮はこの間訪れた時と同じように、人々が行き交って賑やかだった。

幸い、今日は獣憑きの影はないようだ。

「ドレスは華やかで憧れますが、やはり私は着物の方が落ち着きます」

ドレスの試着を終えた私は、弥子の選んでくれた矢絣柄の着物と袴姿に戻っていた。

初めて履いたブーツは少し重いけれど、しっかりした造りなので慣れると草履より歩きやすいかもしれない。

「ドレスもよく似合っていた。今度出かける時は、今日買ったワンピースを着てみればいい」

「統真様も、今日は洋装ですものね。普段と雰囲気が違って素敵です」

なんだか互いのことを褒め合ってばかりの気がする。それに気づいたのか、統真様も小さく笑った。

「どこか、行きたいところはあるか？」

義母の屋敷に住んでいる頃は、もし外に出られるのなら行きたい場所がたくさんあった。新聞や雑誌をこっそり見ては、外の世界にはこんなに素敵な場所があるのだと溜息ばかりついていた。

だがいざとなると、どこに行きたいのか悩んでしまう。

私が迷っているのに気づいた統真様が提案してくれた。

「甘いものは好きか？」

「はい」

「それなら甘味を食べに行かないか。以前、高柳が喫茶店の話をしていただろう。若い女性に人気の店らしい。そこでいいか？」

「はい、もちろんです！」

そうして数分通りを歩き、統真様が案内してくれたのは、可愛らしい雰囲気の喫茶店だった。

「こういう店に来たことはあるか？」

私は首を横に振る。

「いいえ、ありません」

「入ってみるか」

入り口の扉を開くとカランと鈴が響き、いらっしゃいませと明るい声がした。

明るい雰囲気の店内には、若い女性客がたくさんいた。

ウェイトレスに案内された席に座る。彼女たちの服装は着物に白いレースのエプロンを重ねたもので、弥子のことを思い出した。

メニューを眺めると見たこともない甘味がたくさんあり、どれもこれもおいしそうで目移りしてしまう。

「おいしそうなものがたくさんですね」

「椿はアイスクリームを食べたことがあるか？」

「いえ、ありません」

「じゃあクリームソーダはどうだ」

統真様のすすめで私はクリームソーダ、統真様はコーヒーを注文した。

注文を終えてメニューを閉じると、なんだか周囲から視線を感じる。周りを見ると、近くの席の女の子たちがちらちらと統真様を見ているのに気づいた。

統真様は珍しく、少し気恥ずかしそうな様子だ。小声で私に問いかける。

「なんだか周囲から見られているな。俺は場違いか？」

「いえ、そんなことは」

おそらく男性客が珍しいのもあるけれど、統真様が格好いいから注目されているのだろう。居心地の悪そうな統真様がなんだか可愛らしくて、私はクスクスと笑った。

「おい椿、どうして笑っているんだ」

「内緒です」

やがて、注文したクリームソーダとコーヒーが席に運ばれてくる。

「統真様は、本当にコーヒーだけでいいのですか？」

「ああ。甘い物が苦手というわけではないが。ここで周囲の女学生に観察されながら甘味を食べるのは、拷問に近い」

それを聞いた私はまた笑ってしまった。

鮮やかな緑色のソーダの上に、白くて丸いアイスとさくらんぼが乗っている。

「可愛らしいから、なんだか食べるのがもったいないですね。クリームソーダの緑色、宝石みたいで綺麗です」

「その緑はメロン味らしい」

「メロンも実物を食べたことはないですね」

アイスクリームを食べるのは、生まれて初めてだ。私はドキドキしながら、アイスクリームをスプーンですくう。

冷たい感触が舌の上で溶けていった。

「甘い……。口の中で消えていきます。こんなにおいしい物が、この世にあるなんて」

「大げさだな。気に入ったか？」

「はい！」

私はひと口ひと口を噛み締めるように、大切にクリームソーダを飲んだ。


「クリームソーダ、とてもおいしかったです」

喫茶店から出て、のんびりと通りを歩きながら言った。

「そんなに気に入ったのなら、また食べに来よう」

「いいのですか？」

「もちろんだ。椿が喜ぶなら、いつでも連れて来る」

私はその言葉に笑顔で頷いた。


その後どうするか迷った私たちは、キネマ館で活動写真を見ることにした。

主役を演じているのは、外国人の女優だった。話の内容は婚約者が決められている貴族の女性が、旅先である男性と恋に落ち、駆け落ちするというものだった。

展開が気になり、私は最初から最後まで手に汗握って映像を見つめていた。

上映が終わると、私は余韻に浸りながらキネマ館を出る。

「素敵なお話でしたね」

「面白かったか？」

「はいっ！　最後、無理矢理引き離されそうになったふたりが手を繋いで船に乗り込んで、遠くの街へ向かうところに感動しました。それに、女優さんが本当に美人でしたね。怒った時の顔さえも綺麗でした」

自分ばかり話しているのに気づいて、統真様に問いかける。

「活動写真の内容は恋愛でしたが、統真様が見たいものでしたか？　時代劇もあったようですが、そちらの方がよかったでしょうか？」

そう問うと、統真様はおかしそうに笑った。

「時代劇が好きなのは椿だろう？　俺が刀を扱っているのを初めて見た時、侍のようだったと話していたじゃないか」

統真様はその時のことを再び思い出したらしく、しばらく声をたてて笑っていた。

「俺は椿が活動写真を見ながら百面相しているのを見るのが楽しかったから、それでいい」

「私、そんなにおかしな顔をしていましたか⁉」

「いや、おかしいとは言っていないだろう。話の内容に合わせて笑ったり泣きそうな顔をしたりしている椿が、可愛いと思っただけだ」

可愛いという言葉に、頬が熱くなる。統真様は何気なく言った言葉だろうけれど、それだけで私の心は舞い上がってしまった。


楽しい時間はあっという間に過ぎ、気がつくと夕暮れ時になっていた。

「どこかのレストランで食事してから帰るか？」

「でもきっと、弥子が夕餉を作って待ってくれていますよね。もったいないので、帰りましょうか」

「そうするか」

私たちは駐車場の方向を目指して歩いた。

川の上に、大きな橋がかかっている。その橋を渡りながら、統真様に言った。

「統真様、今日は本当に楽しかったです。今日だけでなく、統真様の屋敷で暮らすようになってから、毎日楽しいことばかりです」

「こんなことでいいなら、また非番の日に出かけよう。俺も楽しかった」

私たちの前から自転車に乗った青年がやってくる。

「椿、こちらに寄った方がいい」

私は統真様の隣に寄り添う。

歩き様、互いの手が触れた。

「……悪い」

統真様は気まずそうに顔をそらし、すぐに自分の手を退けてしまう。

私は勇気を出し、彼に問いかけた。

「統真様。手を繋いでもいいですか？」

彼は、驚いた表情で私を見下ろした。

「俺に触れるのは、嫌ではないのか」

「も、もちろんです！　嫌なわけがありません！」

「……そうか」

統真様は納得したように、何度か頷いた。

統真様と手を繋ぎ、しばらく橋を歩く。

私の歩く速さに合わせて、ゆっくりと歩いてくれるのが嬉しい。

やがて統真様は橋の途中で足を止め、黙って川を見下ろした。私も彼の隣で、同じように川を眺める。

彼は真剣な表情で、何かを考えている様子だ。

それから統真様は、重い口を開いた。

「ずっと、椿に打ち明けなくてはいけないと思っていることがあるんだ。けれど……」

統真様は俯き、小さく息をつく。

統真様の苦しげな表情を見て、私は呟いた。

「それは、統真様が悲しい気持ちになることですか？」

「……怖いんだ」

意外な言葉に目を瞬く。

私にとって、彼はずっと強い人だった。彼には怖いものなど、何もないのではないかと思っていた。

そんなわけがないのに。

統真様は他人にあまり弱いところを見せないだけだ。辛いことも、苦しいことも、私と同じように抱えていて当然だ。

「それを知って、椿が」

「私が？」

統真様は不安気な瞳でこちらを見つめた。

「俺から離れていくかもしれないと思うと」

私は思わず彼の手をぎゅっと握った。

「私は、すべてを打ち明ける必要はないと思います」

義母に虐げられていたことを思い出しながら続ける。

「私にだって……。あまり人には話したくないこともあります」

「ああ」

私は彼を安心させたくて、なるべく優しい笑みを浮かべて言った。

「でもひとつだけ自信を持って言えるのは、私はずっと統真様の側にいるということです」

「……ずっと」

「はい。統真様に、出て行けと言われない限りは。だから統真様が、苦しまずに話せるようになったらお話ししてください。私はそれまで、いくらでも待ちますから」

統真様の表情が柔らかくなる。目を細め、安心したように言葉を紡ぐ。

「ありがとう、椿」

統真様はいつもどおりの冷静な表情に戻り、駐車場の方を見つめた。

「そろそろ家に帰るか」

「そうですね」

彼が不安に思っていることが何なのか、私には分からない。

けれど彼の苦しみが、ほんの少しだけでも軽くなったのならそれでいい。

そう考えながら、私は統真様の後ろを歩いた。


玻璃宮に買い物に行った日から、数日が経過した。

屋敷の掃除をしている時、弥子が思いがけないことを言い出した。

「パーティーに向けて、そろそろダンスの練習をした方がよろしいかと」

私は鳩が豆鉄砲を食ったような顔をしてしまった。

「ダンスって、西洋舞踏のことよね」

「はい」

たしかにドレスを選ぶ時も、踊りやすいのはこのドレスだ、と女性店員が説明していた。

当主の妻なのだから、踊りくらいできないといけないのだろう。

「私、一切ダンスの経験がなくて。うまく踊れるかしら……」

なります」

「大丈夫ですよ。椿様は根が素直ですから、少し練習すればきっと上手に踊れるように
「弥子が教えてくれるの？」

「いいえ、弥子はそこまで詳しくないので。統真様がダンスとパーティーのマナー講師をお呼びしてくださります。来週の夕方からは、しばらく毎日練習の時間になりますね」

私はごくりと唾をのんだ。

「分かったわ」

私が上手にダンスを踊れないと、統真様が恥をかくことになる。

責任は重大だ。頑張ろう、と心に誓った。


弥子の言葉どおり、翌週からダンスの練習が始まった。

私は用意してもらった練習着に着替え、地下のホールで講師を待った。

統真様の屋敷は広いので、ダンスを練習できる部屋まであるらしい。こんな場所があるなんて、初めて知った。

壁全体に鏡が貼られていて、床は板張りだ。

ダンスを教えてくれるのは、中年のほっそりとした体格の、きびきびした女性だった。

「時間があまりないので、厳しくいきますよ」

「はい、よろしくお願いします」

蓄音機から、ワルツが流れる。

「リズムをよく聴いて。音楽に合わせてステップを踏む！」

彼女は大きく手を打ち鳴らしながら指導する。

私は彼女が踊ったのを真似して、ダンスを踊ってみる。

「違うっ！　音楽とずれていますよ！」

「はいっ！」

「もっと優雅に！」

「はいっ！」

「上品な動きで！　表情も大切ですよ」

「は、はいっ！」

「分からないからといって、自信がない顔をしない！　堂々と胸を張りなさい」

「え、えっと次のステップは……」

「ほら、俯かない！　足ばかり見ていてはいけませんよ！」

「は、はいっ！」

少しまごつくと途端に厳しい声が飛んでくるので、必死に彼女の動きを真似るので精一杯だった。

二時間ほどの練習が終わると、彼女はハキハキした声で告げた。

「次回までに、今日習ったところを練習しておくように！」

「はいっ！　ありがとうございました！」

私は深くお辞儀をする。

私はその場に立っているのがやっとなのに、講師の女性は汗ひとつかいていない。踊り慣れているからだろう。さすがだ。

講師の女性は厳しいけれど、上達するときちんと褒めてくれた。普段ほとんど運動をしない私には新鮮な体験で、面白い。

彼女が帰った後も、私はひとりで鏡を見ながらワルツの練習を続けた。

しかし、ひとりだと練習相手がいる時より、さらに難しく感じる。

「えっと、手がこの向きだから……。なんだか違うわね。このリズムの時、ステップはこうだったかしら？　ダンスって難しいのね」

上達したような、していないような。

今日はここまでにしようと考えて顔を上げると、ふと視線を感じた。

部屋の窓の外に、いつの間にか統真様が立っている。

仕事から帰宅していたのに気づかなかった。

「と、統真様！」

いったいいつから見られていたのだろう。

統真様に見られていると思った瞬間、足がこんがらがってその場で転んでしまう。

統真様は堪えきれなくなったように、くすくすと小さく笑った。

恥ずかしい！

私が自分のダメさ加減にその場でうなだれていると、彼は扉を開いて室内に入って来た。

「なかなか苦労しているようだな」

そう言いながら、手を差し伸べて私を立たせてくれる。

「統真様に恥ずかしい思いをさせないよう、最低限は踊れるようにならないといけないのですが……。ダンスが下手で、ふがいないです」

「女性は無理に踊ろうとしなくてもいいんだ。男性に任せてステップを踏めば、それらしく見えるものだ」

統真様は私の手を引き、音楽をかけてワルツを踊り出した。

彼は私の背中に手を回し、優雅に微笑んだ。

統真様が重心を動かすと、自然と次はどちらに進むのか分かる。私も無駄に力を入れずに、彼に合わせて踊ることができた。

「すごい……。統真様と一緒だと、踊りやすいです。慣れてらっしゃるのですね」

「まあ、最低限の教育として子供の頃に習わされたからな」

さっきひとりで練習していた時は緊張していてぎこちない動きだったのに、気がつくとあっという間に一曲が終わっていた。

「な、そこまで難しいものでもないだろう？」

私はその言葉に笑顔で頷いた。

「統真様は本当に何でもできるのですね。魔法みたいです」

「大げさだな、椿は」

それからも統真様は、忙しい仕事の合間を縫って私のワルツの練習に付き合ってくれた。

その成果か、一週間も経つ頃にはダンス講師の女性にも、だいぶ褒めてもらえるようになった。

そして、パーティーの当日を迎えた。

弥子に手伝ってもらい、玻璃宮の店で購入したドレスを身につける。

「どのドレスにしようか最後まで迷いましたが、やはり赤いドレスですね！」

私は何度も姿見で自分の姿を確認する。

「おかしくないかしら？」

「おかしいなんてとんでもない！　よくお似合いですよ」

そう言いながら、弥子が私の首に真珠のネックレスをつけてくれる。

弥子は私の髪をまとめ、花の髪飾りを付けてくれた。

弥子も今日は水色のドレス姿だ。

「弥子のドレスも華やかで素敵よ」

そう告げると、弥子は嬉しそうに笑った。

ちょうど準備が終わるかという時、扉の向こうから統真様の声が聞こえた。

「そろそろ行けるか？」

「はい、お待たせしました」

統真様は黒い燕尾服だった。

弥子と一緒に車の後部座席に乗り込むと、すぐに出発した。

今回のパーティーは真神家の所有している館で行われるという。


やがて、車は深い森の方向へと進む。

しばらく車に揺られていると、森の中に白亜の宮殿を思わせる、豪華な洋館があるのが見えてきた。

玄関先で車が停まり、統真様に手を引かれて車を降りる。

建物の中もお城のように煌びやかで、圧倒されてしまった。

入ってすぐのところに大階段があり、壁面にはレリーフが施されている。窓や柱、階段の手すりにまで精巧な模様や彫刻が彫られていた。

統真様と一緒に階段を上がり、廊下を進むと重厚な扉があった。

館の使用人がその扉を開くと、豪華絢爛な大広間が広がっていた。

優雅な音楽が流れる大広間には、ドレスやタキシード姿の人々が大勢いる。

婚約の挨拶をするため、私は統真様と一緒に壇上に立った。

統真様が私との婚約を発表すると、招待客の視線が一斉にこちらに集まり、拍手がわき上がる。

私は統真様の隣で、ただただお辞儀をすることしかできなかった。

ステージの袖を歩きながら大広間に戻る途中、統真様は私の耳元で、小声で囁いた。

「なるべく椿の側を離れないようにはするが、ずっと一緒にはいられないかもしれない」

私の後ろに寄り添っていた弥子が付け加えた。

「統真様のご結婚をお祝いしたいという方々が、次から次へと現れるでしょうからね」

それを聞いた統真様は、吐き捨てるような口調で言った。

「結婚を祝いたい、か。そんなこと、思ってもないくせにな」

統真様がどうしてそんな風に話すのか、その時は分からなかった。だが、数分後に彼の言葉の意味を理解することになる。

統真様が再び大広間に現れると、大勢の招待客たちが彼の元へ詰めかけた。

「真神様、ご結婚おめでとうございます」

「私からもお祝いをさせてください、真神様」

我先にと近づいてくる人々に囲まれて、一瞬で身動きできなくなってしまった。

彼らの顔を見渡すと、政治家や大企業の社長がほとんどだった。天ツ国に住む神々の一族が裏からこの国を支配しているという噂は、どうやら本当だったようだ。その中でも天ツ国の御三家の当主である統真様が注目されるのは当然だろう。

統真様は自らこういう集まりに参加しないと話していたが、天ツ国では有名人のようだ。

私はとにかく不作法なことをしないように気をつけようと気を引き締めた。

「そちらにいらっしゃるのが、真神様の奥様ですね」

「あなたが真神様の運命のお相手なんですね。素晴らしいことです」

私は恐縮しながら、愛想笑いを浮かべた。

相手がどんなに偉い立場の人間でも、年上であっても、統真様がへりくだることはなかった。

彼はずっと堂々として、誰と話す時もしっかりと瞳を見据え、受け答えしている。

主催が真神家だからかもしれないが、このパーティーに訪れた人々は、皆統真様と話したがっているようだ。

だが、統真様の言うとおり、純粋に婚約を祝いたい人間は少ないようだ。

彼らは表面的な挨拶をすませた後、決まって同じようなことを言った。

自分たちの企業へ融資して欲しい。真神の経営するグループの傘下に加えて欲しい。

政治家として立候補するから、協力して欲しい。

自分の利益を得るために、統真様に媚びへつらうような態度の人ばかりだ。

政治や商いのことに詳しくない私から見ても、その様は気持ちのいいものではない。

統真様は彼らの申し出をきっぱりと断っていく。

「すまないが、私にできることはない」

そう言って、とりつく島もない様子で踵を返す。

統真様に拒絶された人々は、怨めしそうな顔で彼を見つめている。

私は溜め息がこぼれそうになるのを、ぐっと我慢した。

人々が求めているのは「真神家の当主」の役割で、統真様に近づいて何とか利益を得ようとしている。彼本人の気持ちなど、どうでもいいのだろう。

もやもやした気持ちを募らせていると、先ほどまで離れた場所で知らない男性と話していた八雲さんが、統真様に声をかけた。

「統真様、少しよろしいでしょうか」

八雲さんが小声で何事かを呟くと、統真様は仕方ないというように頷いた。

「すまない、呼ばれているようだ。少しだけここを離れる」

「はい」

「弥子、椿の側にいてくれ」

「かしこまりました！」

統真様はそう告げて、八神さんとともに大広間から離れる。

きっと何か、大切な話があるのだろう。統真様が近くにいないかもしれないのは不安だが、仕方ない。

弥子は私を元気づけるように、明るい声で言った。

「見てください、椿様！　あちらにおいしそうな料理がありますよ！」

「あら本当。色んな種類の料理が小さなお皿に載って、並んでいるわね」

弥子の言うとおり、たしかに机の上においしそうな料理がいくつも並んでいる。自由にその料理を選んで食べてもいいようだ。

「椿様、喉は渇いていませんか？」

緊張しているせいか、いつの間にか喉がカラカラになっていた。弥子に言われるまで、そんなことにすら気づかなかった。

「そうね、喉が渇いたわ」

「待っていてくださいね。弥子がおいしいジュースを持って参ります！」

「あっ、弥子……！」

ひとりになると不安だから一緒に行きたいと思ったのに、弥子は小さな身体でするすると人波をくぐり抜ける。後ろを追いかけようと思ったけれど、弥子の姿はすぐに見えなくなってしまった。

「もう、弥子ったら」

私がひとりになったのを見計らったように、年配の男性たちが近づいて来る。

私は頭を下げ、足早にその場を去った。

失礼な態度かもしれないが、このままここにいると、また真神家の利益を求める人々に囲まれるかもしれない。

統真様が戻ってくるまで、人気のない場所に避難していた方がいいだろう。

そう逡巡している間に、大広間に流れていた音楽がワルツに切り替わり、ダンスの時間が始まったのだと分かった。

男性たちは女性の元へ歩み寄り、ダンスに誘う。

講師と統真様が教えてくれたおかげで少しは踊れる自信がついたのに、肝心の統真様が近くにいない。

統真様が戻るまで、廊下で待っていよう。

そう考えて、廊下の方向へと足を踏み出した時だった。

「よろしければ、私と踊っていただけますか？」

目の前を遮るように背の高い男性が現れ、私に手を差し伸べた。

彼の大胆な行動に、周囲の人々がざわめく。

たしかダンス講師の話では、パートナーがいる女性に直接声をかけるのはマナー違反のはずだ。

「あの、私……」

「踊っていただけますか？」

再度男性の声がする。声音は穏やかだが、押しの強い人だ。

断ろうとしたけれど、強引に手を取られてしまう。

私が統真様の妻だと、分かっていないのだろうか……。

知らない人と近い距離にいるのは不安だけれど、ここで揉め事になっては統真様に迷惑をかけてしまう。

一曲だけ踊ったら廊下に出ようと心を決めて頷き、踊り出した。

ステップを踏みながら、その時初めて男性の顔を見た。

若い人だ。統真様と同じくらい、二十代前半だろうか。

パーティーの招待客は五十代や六十代の人が多いので、珍しいと思う。

男性の髪は灰色がかった緑色だった。長い髪を後ろでひとつに編んで束ねている。

瞳孔が縦に長い金色の瞳は、こちらに噛みつく機会をうかがうような、鋭い光を宿している。

「あなたが、真神様の奥様ですね」

「……はい、そうです」


「朔夜の異能を持つお嬢さん」


そう言われた瞬間、ぞくりと鳥肌が立った。

やはりこの人は、私が統真様の妻だと知っていて声をかけてきた。

何が目的なのだろう。

統真様の番が朔夜家の娘だということは、天ツ国に知れ渡っているはずだ。

だから私が朔夜の血筋だと知っていても、何もおかしいことではない。けれど……。

目の前の男性は、もっと前から私のことを調べあげているような気がする。

彼の視線が粘着質で、絡みつくように私を見ているからそう思ったのかもしれない。

私は踊りながら小声で呟く。

「……私のことを知っているのですか」

「はい。あなたを見た瞬間、すぐに分かりましたよ。あなたからは、強い力を秘めた香りがする」

そう言って男性が私に顔を近づけると、言いようのない嫌悪感が湧いた。

彼は楽しげに笑いながら続ける。

「天ツ国にいる者で、あなたの力が欲しくない者などいません」

彼がそう告げた瞬間、曲が終わった。

周囲の男女がお辞儀をし合い、別の相手と交代するのが見えた。

私も彼に会釈をして、離れようとする。

「失礼します」

だが、彼は私の手をしっかりと握って離そうとしない。

金色の瞳が、貫くように私を見下ろしている。

まるで、金縛りにでもあったように動くことができなくなった。

「もっとあなたのことを教えてください」

落ち着いた声なのに、ただならぬものを感じる。

——この人は危険だ。

「離してください！」

「あなたと話したいことが、たくさんあるのです」

離れたいのに、彼の指は痛みを感じるほどに私の手首を握っている。

どうすればいいのかと、困惑していた時だった。

「蛇喰、俺の妻に何か話があるのか。ならば代わりに聞こう」

すぐ後ろで、統真様の声が聞こえた。

統真様は男性の手を払いのけ、私を庇うように背後に隠す。

「統真様……」

彼が来てくれて、あからさまにほっとした顔をしてしまう。

統真様はこちらに振り返り、小声で呟いた。

「戻ってくるのが遅くなってすまない。囲まれていた」

蛇喰と呼ばれた男性は、残念そうに笑って言った。

「おやおや、ご当主様が登場されたなら、私の出番は終わりですね。またお会いしましょう、朔夜のお嬢さん」

そう言って蛇喰さんは去って行った。

彼に強く握られた場所には、赤い指の痕が残っていた。

私は蛇喰さんの姿を真っ直ぐに見られず、青い顔で俯くことしかできなかった。

「椿、大丈夫か？　顔色がよくない」

私は統真様を心配させないように微笑んだ。

「人がたくさんいたから、少し疲れたのかもしれません」

「車に戻って休んだ方がいい」

「いいのですか？　統真様はこのパーティーの主催者でしょう？」

「今まで散々相手をしたのだから、もう充分だろう」

その提案に、正直ほっとした。

私は統真様と一緒に、その場から足早に立ち去った。


館の外に出て冷たい空気を吸い込むと、少し気分が落ち着いた。

ずっと肩に力が入っていた気がする。ずいぶんと緊張していたようだ。

車の後部座席に座ると、統真様も隣に腰掛け、私を気づかうように問いかけた。

「平気か？」

「はい、落ち着きました。ありがとうございます」

統真様は手の平で目蓋を覆い、天井を仰いで疲れたように溜め息をついた。

「強欲な大人の戯れ言ばかりを聞いていると、消耗するだろう」

歯に衣着せぬ物言いだ。けれど、彼の言いたいことは痛いほどに伝わった。

「真神家の当主とは、大変な立場なのですね」

「俺のことは、別にかまわないのだがな」

統真様は心配そうにこちらを見下ろし、私の手首に触れた。

「もう手首は痛まないか？」

どうやら、隠していたけれど統真様にはすっかりお見通しだったようだ。

蛇喰さんの射るような視線を思い出し、背筋が寒くなる。

彼は私のことを調べていたようだ。だが、統真様を心配させるようなことは言いたくない。

「……はい、平気です」

「そうか、ならいいが。家の決めたことだから仕方ないとはいえ、パーティーなど、本当は嫌だったんだ。椿に触れようとする男の手を、すべて切り落としてしまいたくなる」

冗談かと思ったけれど、統真様の表情があまりに真剣なので、何も言えなくなった。

以前から考えていたけれど、統真様は少し過保護なのかもしれない。それを嬉しいと感じてしまうのは、おかしいだろうか。

しばらく車内に沈黙が落ちる。

「あっ、そういえば、弥子はどこにいるのでしょう？」

「ああ、あいつなら平気だ。八雲に弥子を探して車に連れて来てくれと伝えたから。そのうち戻ってくるはずだ」

「それならよかったです。飲み物を取りに行ってくれたのですが、そのままはぐれてしまって」

「まったくあいつは、いつも食い物につられてふらりと消えてしまうんだ」

私は統真様の言葉にくすくすと笑った。

「けれど、ダンスの練習を一生懸命したのに統真様と踊れませんでしたね。それだけが、少し残念です」

統真様は私に笑いかけながら言った。

「ここのように立派ではないが、うちのダンスルームで踊ればいい。椿がワルツを踊りたいなら、いつでも付き合おう」

その言葉を嬉しく思っていると、弥子と八雲さんがこちらに歩いてくるのが見えた。

私は車の窓を開けて、彼らに手を振った。

そうして夜は更けていった。

◇◇◇

少し時を遡(さかのぼ)り、椿が統真の屋敷で暮らすようになってから、二週間ほど経った頃のことだ。

神薙にある長谷川家は、椿の知らない間に大変な事態になっていた。

女学校から自分の屋敷に帰宅した沙彩は、家財が次々と運び出されているのに気づいた。

驚いた沙彩は、廊下で呆然と立ちすくんでいる母、麗子に問いかける。

「お母様、これはいったいどうしたの？　別の家に引っ越しでもするの？」

麗子は暗い声で呟いた。

「……もうここでは暮らせないの」

「どういうこと？　あたしは高等女学校に通っているのだから、あまり遠くに引っ越すわけにはいかないわ」

そう文句を言うと、麗子は金切り声で叫んだ。

「もう学校なんて行けないの！　そんなお金ないのよ！　私たちはこの屋敷を売って、親戚の家に下宿するしかないの！」

苛烈な怒りように、麗子が冗談を言っているわけではないのだと悟った。

「下宿って……他人の家に!? 部屋を間借りするってこと?」

「ええ。私たちを一緒に受け入れてくれるところはなかった。沙彩は、清の家のお世話になると思うわ」

清というのは麗子の弟で、沙彩の叔父の名前だ。いつも沙彩のことをいやらしい目つきで見てくるので、沙彩は叔父のことを毛虫のように忌み嫌っていた。

「嫌よ、冗談じゃないわ! どうしてそんなことになったのよ!? あんな下品な男の住む家で暮らすくらいなら、死んだ方がましよ! お母様、いったい何があったの!?」

麗子は真っ青な顔で、恐ろしそうに呟いた。

「真神様のお怒りに触れたから……」

「真神って、椿が嫁入りした天ツ国の?」

「そう。椿が、真神様に私たちを貶めるようなことを言ったらしいの。それを聞いた真神様は、お怒りになって……、そうなれば神薙で暮らすのは難しい」

実際に椿への仕打ちを知った統真が麗子に告げたのは、「今後一切長谷川家への援助はしない」ということだけだった。

麗子が今まで贅沢をしていられたのは、椿の父親と結婚する前の夫が残した遺産と、椿の婚約が決まってから毎月真神家より送られてくる、多額の援助のおかげだった。

椿の育ての親だからという、感謝の意味合いだった。

だが椿が虐げられていたことを知った統真は、それを真神本家に伝えた。

当主の婚約者をひどい目に合わせていたと分かり、真神の一族は激怒した。

麗子はそれでも何とか援助を続けてもらえないかと頼み込んだが、統真の怒りは手の付けられないものだった。

長谷川家を訪れた統真は、麗子をいつ斬り捨ててもおかしくない目をしていた。

その噂が神薙中に広まり、真神の怒りに触れるのを恐れた神薙の者は、麗子に関わるのを避けるようになった。

最初に麗子の屋敷で勤めていた使用人たちが自ら仕事を辞し、やがて誰もいなくなった。

麗子は財産が尽きれば、大きな商社を営んでいる財前と再婚し、また同じように贅沢な暮らしをしようと考えていた。

だが麗子が真神の怒りに触れたと知り、財前も恐れをなしてどこかへ逃げてしまった。

それでも麗子は、今までのような豪勢な暮らしを我慢できなかった。

高級な洋服も宝石も、何年も前から欲しい時に欲しいままに買う生活を続けていたのだ。今さらやめることなどできない。気がつけば借金に手を出し、あっという間にその利子が膨大な額に膨らんでいた。

この借金を返済するには、もはや屋敷を売るしかない。

それでもまだ借金は残っている。ようやく自分が追いつめられていることに気づいた麗子は仕事を探そうとしたが、真神の話が回っている神薙で、彼女を雇おうとする者は誰ひとりいなかった。

親戚に頼み込んで土下座して、何とか親子別々に下宿させてもらうことになったのだ。

そんな事情を何も知らない沙彩は、わなわなと拳を震わせながら叫んだ。

「椿のせいですって？　許さない！　あいつのせいで、あたしたち家族がすべてを奪われるなんてっ！」

麗子は真っ青な顔で、娘の今後を憂いた。

神薙にいる限り、沙彩も自分と同じように不当に虐げられるかもしれない。だが、これまでずっと神薙に住んでいた麗子たちには、他の土地で暮らすような伝手もない。

「かわいそうに、沙彩。椿が。あの悪魔のような女が、私たちを陥れたばかりに」

麗子はそう言って涙を流す。

「嫌よ、嫌っ！　お母様、椿に復讐する術はないの⁉」

沙彩も今までは、ねだれば欲しい物は何でも買ってもらえた。今さら他人の家に間借りして質素に生活することなど、耐えがたい苦痛だ。

「あたしは絶対に嫌よっ！」

そう言って屋敷を飛び出そうとした沙彩は、玄関先で知らない男とぶつかった。

気が立っていた沙彩は、その男を強く睨みつけた。

男は、沙彩を見て金色の瞳を楽しげに細める。

「こんにちは、可愛いお嬢さん」

沙彩は男を一目見て、普通の人間とは何かが違うと察した。

男の肌は、病的に白い。背が高く整った顔立ちだが、瞳孔の細い金色の瞳はなんだか不気味だ。背中まで伸びた、灰色がかった緑色の長い髪はひとつに編んで束ねられている。

（この男は人間じゃない）

そう察した沙彩は、男に対し敵意をむき出しにした。

「何、あんた。真神の手下？　またあたしたちから何かを奪おうとしているの⁉」

ふたりの様子に気づいた麗子が、それを止めようとする。

「沙彩、やめなさい！」

男は淡々とした声で言った。

「あなた、姉のことを憎んでいるのでしょう」

男の瞳には、本心を曝け出してしまいたくなる力があるようだった。沙彩は感情を露わにして叫んだ。

「椿のこと？　ええ、もちろんよ。憎い！　あの女から、全部奪ってやりたいわ！」

「それなら、私と協力しませんか」

「協力？　どういうこと……？」

「私は、蛇喰と申します」

「蛇喰……」

沙彩は眉をひそめた。

その名は、聞いたことがある。天ツ国の名家のひとつだったはずだ。

だが一番力を持っているのは、裏御三家の真神・龍宮・玉藻だ。

(正直、裏御三家の真神と比べると格落ちね)

沙彩は心の中でそう吐き捨てる。

蛇喰はそれを見透かしたように、にやりと笑う。

蛇喰は言った。

「私は、朔夜の女の力が欲しいのです」

沙彩は苛立ちのあまり、自分の爪をぎりりと嚙み締めた。

(気に入らない……！　みんなして、椿、椿って、あの女のことばかり！)

椿と出会ってから、いつも沙彩の方が上の立場だった。

椿は綺麗な洋服も、可愛い人形も、何ひとつ持っていない。

椿が母に虐げられ、涙を流している姿を見ると、沙彩はいつも満たされた気持ちになった。

(それなのにいつの間にか、もっとも強力な真神家の妻になるなんて。運命の番だったという、幸運だけで！)

自分が椿に見下される立場だと考えただけで、腸が煮えくりかえりそうだった。

今の状況を変えるには、この怪しい男の手を借りるしかない。

正直、信用できる人物だとは思えない。

けれど叔父の家に下宿するくらいなら、この男についた方がましかもしれない。

沙彩に選択肢など、ほとんど残っていなかった。

沙彩は蛇喰に向かって手を伸ばした。

「あなたと一緒に行くわ。そうすれば、あたしが奪われたものを椿から取り返せるんでしょう？」

蛇喰は口をにんまりと開き、不気味な笑みを浮かべた。

沙彩の瞳には、憎悪の炎が灯っていた。

（許さない。絶対にあの女に復讐してやる！）

四章

最近では、統真様の屋敷での生活にもすっかり慣れた。

起床してから統真様と朝餉を食べ、仕事へ向かう彼を見送り、庭に咲いている花の水やりをする。それから屋敷の掃除をすませ、弥子と八雲さんと昼餉を食べた。その後は本を読んだり縫い物をしたりして趣味の時間を過ごしてから、弥子と夕餉の買い物へ向かう。

昼過ぎになると、いつものように弥子が私の部屋に誘いに来た。

「椿様、夕餉の買い物に行きましょう」

「ええ、そうしましょう」

ふたりで外へ出て、商店街へと続く道を歩き出した。

「今日は何を作ろうかしら？」

「そうですねぇ。すき焼きなんてどうでしょうか？」

弥子は歩道をぽてぽてと歩きながら、すき焼きを食べることを想像しているのか、頬が落ちそうな顔をしている。可愛らしい様を見て、私はくすくすと笑った。

「ふふ、弥子は本当にお肉が好きね。先週もすき焼きを食べたじゃない」

「はい、味の染みた牛肉とお豆腐、あれは素晴らしいものです」

「たしかにそんな話をしていると、すき焼きを食べたくなってくるわね」

「やった！　お肉を買いに参りましょう、椿様」

私はそんな弥子の姿を見て、しみじみと幸せだと感じ、目を細める。

「どうなさったのですか、椿様。妹を可愛がる姉のような、優しい視線でしたよ。弥子を可愛がりたいのですか。どうぞ、存分に可愛がってください！」

たしかに弥子は見かけは年の離れた妹のようだが、実際は私よりずいぶん年上だったはずだ。

「今ね、考えていたの。統真様と八雲さんと弥子と、四人でこうやって平穏に暮らせるのは、なんて幸せだろうと。特別な何か良いことがあった時に感じるだけじゃなくて、こうやって当たり前に思える日々を過ごすのも、幸せなんだろうと考えていたの」

「椿様……」

弥子は感動したように私を見つめる。

「お父様とお母様と三人で暮らしていた時も、私はとても幸せだったの。だけど幼かったから、きちんと理解していなかったなと思って」

それに幸せな日々は、脆くて壊れやすいものだということも知らなかった。

どんなに恋しく思っても、父と母と過ごしたいという願いはもう二度と叶わない。

「だから私は、この平穏でかけがえのない日々を、ずっと守りたいと思うわ」

そんな話をしているうちに、お肉屋さんに到着した。商店街をまわって牛肉と豆腐、野菜を購入し、包みを抱えながら弥子と帰路を辿る。

「お醬油はまだ残っていたかしら？」

「今日の分くらいは平気だと思いますが、そろそろ瓶に注ぎ足してもらった方がいいですねぇ」

話しながら歩道を歩いていると、道の脇に着物を着た、見慣れた背格好の少女が立っている姿が目に入る。

彼女を見た瞬間、驚きのあまり、心臓が止まりそうになった。

こんな所にいるはずがない。だけど……。

しばらく会っていないとはいえ、何年も一緒に暮らしていたのだ。見間違えるはずがない。

栗色の髪の毛。長い睫毛。形のいい鼻。

——私に向ける冷たい眼差しは、義母にそっくりだ。

私の姿を認めると、沙彩は笑顔でこちらに歩いてきた。

「久しぶりね、お姉様」

やはり沙彩だ。

私は驚きに目を見開く。

「沙彩……！　どうしてここにいるの？」

沙彩は一緒に住んでいた頃と変わらない、悪戯っぽい笑みを浮かべる。

「あたしは今、蛇喰様のところに住んでいるの」

──蛇喰。

パーティーで出会った、あのまとわりつくような、恐ろしい瞳の人。

彼の視線を思い出し、ぞわりと鳥肌が立つ。

あの後統真様から、蛇喰は蛇神の一族だと教わった。

薬師(くすし)が多い家系で、そういう意味では少し朔夜と近いのかもしれない。

そして、蛇喰は真神家を憎んでいるのだと、統真様は言った。どんな経緯があるのかまでは聞いていないけれど、そのこともあり、蛇喰にはなるべく関わらないようにと言い聞かせられた。

「お姉様？」

考え込んでいた私は、沙彩の声でハッと意識を引き戻された。

「そう、なの……。沙彩は蛇喰様の花嫁に選ばれたのね」

神薙から出て、天ツ国で暮らしているのなら、そういうことだろう。

正直、義理のとはいえ妹があの男性の家で暮らしているのは心配だった。危険なのではないかと思う。けれど、彼のことを何も知らない私が口を出すのも失礼だろう。

「おめでとう、沙彩。私、全然知らなかったわ。それなら、何かお祝いを……」

そう言った直後。

乾いた音がして、頬に強い衝撃が走った。

切れた唇から、血の味がする。

何が起こったのか分からず、私は後ろへよろめいた。

数秒考えて、ようやく沙彩に頬を叩かれたのだと理解した。

「椿様っ！」

弥子が荷物を投げ出し、私の背中を支えてくれた。

それから狼の耳と尻尾、それに鋭い爪を剝き出しにし、グルルと低い声で唸って、沙彩に襲いかかろうとする。

「ま、待って弥子！　沙彩は私の義妹なの！」

戦闘態勢だった弥子は、困惑したように動きを止め、爪をしまった。

「椿様の、義妹？　ですが……！」

沙彩は私をきつく睨みつけて叫んだ。

「何がお祝いよ、白々しい！　あんたが言ったんでしょ!?　真神の当主に、うちが没落するように！」

「没落？　どういうこと？　知らないわ」

沙彩は吐き捨てるように言った。

「そうやってか弱いふりをして、男に庇ってもらうのが昔から得意だったものね！」

沙彩の言っていることには、まったく身に覚えがない。

「待って、庇ってって……。私は学校に通っていなかったし、長谷川の使用人以外の男性とまともに話したこともないわ」

「近所に住む男たちが言ってたのよ！　沙彩さんも素敵だけど、お姉さんも美人だって。本当に見る目がなくて、馬鹿ばっかりよ。そうやって真神の当主に取り入ったのね。あんたのせいで、うちは散々よ。一家離散して、家も奪われて、不幸のどん底よ！　復讐でもしたつもり？　本当に恐ろしい女っ！」

その言葉を聞いた弥子が、沙彩に言い返そうとする。

「違いますっ！　椿様は何も知らないんです！　決めつけるのはやめてください！」

「きっとすぐに捨てられる。あんたなんかが、真神の当主に愛されるはずがないっ！

あたしは絶対にあんたを許さないから！」

そう言って、沙彩は私を突き飛ばした。

「こらっ、待ちなさい！」

弥子が叫んだけれど、沙彩は近くに待たせていた車に乗り込み、逃げてしまった。

あの車には、蛇喰がいるのだろうか。

「椿様、大丈夫ですか？」

私は弥子の手を取りながら、彼女に問いかけた。

「ねえ弥子、長谷川家が没落したってどういうこと？　何か知っているのなら教えて」

弥子はしゅんとした様子で俯いた。

「……分かりました。とりあえず、屋敷に戻りましょう」

屋敷に戻り、応接間のソファに腰掛ける。

弥子は私にお茶を淹れてくれた。

「ありがとう」

立ち上る湯気をしばらく見つめてから、私は弥子に問いかけた。

「弥子、詳しく聞かせてくれる？」

弥子から事情を聞いたらしい八雲さんが、向かいのソファに座った。

「その件については、私からお話ししましょう」

八雲さんは、統真様と長谷川家のことについて丁寧に教えてくれた。

統真様が、私の様子を不審に思い、長谷川家について調べたこと。

私への仕打ちを知った統真様と真神家の人々が怒り、長谷川家への金銭的な援助を打ち切ったこと。

私の父を陥れた財前という男と、義母の長谷川麗子が繋がっていたこと。

真神の怒りを買った義母は神薙で爪弾きにされていること。

それでも彼女は贅沢な暮らしをやめることができず、財前が逃げた後も買い物に溺れ、多額の借金を抱え、その影響で屋敷を売り払うことになり、親戚の家に下宿することになったという。

八雲さんは私が疑問に思ったことをひとつひとつ、すべて包み隠さず教えてくれた。

話が終わる頃には、すっかりお茶は冷え切っていた。

冷めたお茶をひと口飲んでから、呟いた。

「……なるほど。そうだったのですね」

八雲さんは神妙な面持ちで言った。

「どうか、これだけは分かってください。統真様の行動は、椿様を思ってのことです」

「ええ、もちろんです。それに今の話を聞いた限り、統真様に非はないと思います」

そもそも私は、真神家から長谷川家への援助があったことすら知らなかった。おそらく義母が無理を言って、そうなるように仕向けたのだろう。

その援助だって、本来ならいつまでも頼りにしていいものではないだろう。すべては義母の傲慢さが招いた結果だ。統真様が悪いなどとはまったく思わない。心配をかけてしまった申し訳なさがあるだけだ。

「私、たしかに辛かったわ。あの人たちを恨んでいないと言ったら、嘘になる」

義母が財前と繋がっていたという情報は衝撃だった。最初から私と父を陥れるために動いていたのかと思うと、許せないと思う。

「だけど、不幸になってほしいかというと……。分からない」

「椿様はお優しい方ですね」

私は小さく首を横に振った。

「全然、優しいんじゃないの。私は弱いだけ」

私は八雲さんにお辞儀をして、立ち上がった。

「ごめんなさい、少し休んでいいかしら」

「もちろんです。ゆっくり休んでください、椿様」

私はふらついた足で階段をのぼり、寝室の布団に倒れ込んだ。

流れ込んできた情報の多さに、頭が追いついていない。

悲しいと思うことはたくさんあった。

だけど、私の心に一番深く傷を残したのは沙彩の言葉だった。

『きっとすぐに捨てられる。あんたなんかが、真神の当主に愛されるはずがないっ！あたしは絶対にあんたを許さないから！』

私はこの屋敷に来たばかりの時に、統真様が言っていた言葉を思い返した。

『運命の番は、互いにこの世でひとりだけの存在だ。生まれ落ちた瞬間に相手が決まり、死がふたりを別つまで逃れられない。たとえ、どれだけ離れたいと望んだとしてもだ』

統真様は、運命の番だから仕方なく婚約させられただけで、私のことを好きなわけではない。

そんなこと、ここに来る前から分かっていたはずなのに。

統真様が優しいから、すっかり忘れて舞い上がっていた。

こんなに彼のことを好きになってしまってから気づくなんて、馬鹿だ。

気がつくと、頬を涙が伝っていた。

私は無理矢理目蓋を閉じた。


一階で弥子と統真様が会話している声が聞こえ、私は布団から身体を起こす。

「いけない、あのまま眠ってしまっていたのね」

時計はすでに夜の九時を回っている。

料理もお風呂の準備も、何もできなかった。

反省していると、階段をのぼる足音が響いた。

いつも玄関まで迎えに来る私が寝室にこもったままなので、おかしいと思ったのだろう。

「どうした、椿」

襖を開くと、統真様が心配そうに私を見下ろしていた。

「統真様……」

統真様は私の顔を見て、瞳に怒りを宿した。

「……その頬は」

「あの、これは」

頬に触ると、ずきりと痛みが走った。腫れているのに自分では気づかなかった。

「待っていろ、氷を持ってくる」

統真様はすぐに一階に下りて、氷嚢を持ってきてくれた。

私の隣に腰を下ろし、頬を冷やしてくれる。

統真様は低い声で言った。

「誰がそんな真似をした？」

「えっと……」

どう説明したらいいだろう。

私が考え込んでいると、彼はふっと笑みを作る。

「本当は、弥子に事情を聞いたんだ。すまなかったな。こうなったのは、すべて俺の責任だ」

「どうして、統真様が謝るのですか」

統真様は私を抱き締め、優しく頭を撫でた。

「勝手な真似をして、悪かった。椿を守るためだと考えて、行動した」

「はい。統真様は、いつも私のためを思ってくれています」

「だが椿が知られたくないと思っていた過去を暴き、俺自身の、椿を傷つけた人間に報復したいという願望を優先してしまった。椿がそんなことを望んだわけではないのにな。結局俺も、あいつらと同じように、椿を傷つけただけだ」

　その声があまりにも沈痛な響きで、私は悲鳴のように叫んだ。

「違いますっ！　統真様は、まったくあの人たちとは違います！」

　感情があふれ出すように、瞳から涙がこぼれ落ちた。

「私が、この屋敷に来て、毎日どんなに幸せだったか……！」

　私は泣きじゃくりながら、途切れ途切れに言葉を紡ぐ。

「私があなたに、どれほど感謝しているのか……！　統真様に、弥子に、八雲さんに、どれほど優しさをもらったか。いくら伝えても、伝えきれません……！」

　だから、そんな悲しそうな顔をしないでほしい。

　統真様は私が泣きやむまで、ずっと抱き締めていてくれた。

　やがて、彼は真剣な眼差しをこちらに向ける。

「ずっと、椿に隠していたことを話そう」

私は緊張しながら、統真様の話に耳を傾ける。

「俺と最初に会った時のことを、覚えているだろう」

「もちろんです。忘れたことはありません」

私は長谷川家の裏にある小さい山の中で、うずくまっている銀色の狼を見つけた時のことを思い出す。

「あの時の統真様は、狼の姿でしたね」

「そうだ。獣憑きというのは、獣神に起こる突然変異のことなんだ」

私はじっと統真様の瞳を見据える。

彼は小さく笑って問いかけた。

「あまり驚いていないんだな」

「驚きました……。けれど正直、薄々そうではないかという思いもありました」

私は玻璃宮で獣憑きと対峙した時の出来事を語る。

「弥子と玻璃宮に行った時に、私は獣憑きに襲われましたよね」

「ああ」

「獣憑きからあの手紙を預かった時。もともとは、この獣憑きは人間に近い生き物だったのではないかと思いました。だとしたら、元の姿がこの街に住む神々でも……おかしくないですよね」

　統真様は悲しそうに微笑んで頷いた。

「やはり気づいていたんだな。俺も、あの時しまったと思ったよ。椿なら、気づくんじゃないかと思った」

「獣憑きとは、いったい何なのですか？」

　統真様は、窓から遠くを仰ぐようにして話し出した。


　遙か昔、神々はこの世界を作った。その頃、統真様たちの先祖の獣は、神使だったという。神使というのは、神の眷属や神の使いの動物だ。

　その中でも特別に力を与えられた神使は、やがて獣神となった。神の力を引き継いだ獣神は、強い力を手に入れた。

「天ツ国の御三家――神薙では、裏御三家と呼ばれていたか。裏御三家の存在は知っているな」

「はい。狼神の真神家、龍神の龍宮家、狐神の玉藻家ですよね」

「龍神の龍宮家は、天候を操る力を持っていた。狐神の玉藻家は、様々な物事を見通し、過去や未来まで見る力を持っていた」

統真様は一度言葉を切って言った。

「そして俺の子孫、真神家の神は、生命を生み出す力を持っていた」

「生命を生み出す、というのは……？」

「そのままの意味だ。何もない場所に、新たな生命を生み出すことができる。枯れ地に木や花を。海に魚を。森には動物を。地上に人間を。それらの命を生み出したのが、真神の祖先だ」

私は感心して溜め息をついた。

「それは……想像もつかないくらいに壮大な話ですね」

「ああ。だが、やがて人間や動物が増えると、真神の力を使う必要はなくなった。番になれば、自然に増えるからな。それに人間との交わりで、だんだん獣神の力は弱まっていった。俺は何もない場所から、命を創ることはできない。今俺にできるのは、せいぜい物に命を吹き込むことくらいだ。それも、数日の間しか持たない」

物に命を吹き込むというのも、充分すごいけれど。その力も気になるが、私は彼の話に耳を傾けた。

そうして絶大な力を集めた獣神たちは、天ツ国を守護してきた。災害や争いから国を守り、人間だけの国も造り、そこも同じように守った。

「だが、ある時からおかしなことが起こり出した。強い力を手に入れた代償か、人の形を保つことができなくなり、それまでの記憶をすべて失い、化け物に身を堕とすものが現れはじめた」

「それが獣憑きなのですね」

「そうだ」

統真様は目蓋を伏せて言った。

「俺が最初に椿に会った時も、獣憑きになりかけていた」

私はハッとして彼の姿を思い描く。

彼はあの時、銀色の狼だった。

そして、黒い靄に包まれていた。

思い返せば、たしかにあの靄は玻璃宮で遭遇した獣憑きと近いものだったかもしれない。

「獣憑きになる獣神は、そんなに多くはない。むしろ、現在ではほとんどいないと言ってもいいくらいだ。だが、それでも確実に存在はする」

「何が原因なのかは……」

統真様は首を横に振る。

「分かっていない。椿と出会った時の俺は、身体の中にいる別の存在に支配されそうになっていた。苦しくて、自我を失いそうになった。もうだめだと思い、命を絶とうとした」

「あの傷、まさか自らを傷つけたものだったのですか？」

「ああ。だがそんな時、椿が現れたんだ。椿に触れられ、俺は自分を取り戻した」

まさか、あの時の彼がそんなに危機的な状況にあったとは知らなかった。

「一度獣憑きになった者を戻す方法は分かっていない。しかし、獣憑きになる可能性を低くする方法は判明した」

「どうすればいいのですか？」

「異能を持つ人間と結婚すれば、獣憑きになることを避けられる確率が上がるようだ。確実にというわけではないがな」

「天ツ国の神々が、どうして人間たちと関わりを持ち始めたのか疑問でしたが、そういう理由があったんですね」

「ああ。そうして神の血を引く一族は、異能を持つ人間と結婚するようになった。やがて彼らの中には、いつしか運命の番の存在を主張する者が現れはじめた」

「私と統真様もそうですね」

彼は静かに頷いた。

そこまで語った統真様は、疲れたように息をついた。

「……俺はずっと、恐ろしかった」

獣憑きになれば、今までの記憶をすべて失い、自分とはまったく違う存在に変わってしまうのだ。恐ろしくないわけがない。

それに統真様は、一度獣憑きになりかけたという。また同じようなことが起こるのではないかと考えて当然だ。

「あの時のように、自我を失い、化け物に変わるのは嫌だ」

彼は沈痛な面持ちで語った。

「これは昔の話だが、獣憑きになった獣神のその後は悲惨だった。被害を広げないように、発見され次第殺される。獣神たちは、血眼になって獣憑きを見つけては殺めた。獣憑きの命を奪うことは、罪に問われない」

私はその光景を想像して、目を伏せる。

獣憑きになったのは、それまで家族や友人や、恋人だった存在かもしれない。大切な人がある日化け物に変わって、他の者に害を為す前に命を奪わなくてはいけない。

獣憑きになった方も、獣憑きの命を奪う方も、どちらの立場でも救われない。

「さすがに、あんまりな話だろう。だから天ツ国では軍が組織され、獣憑きを討伐するようになった」

「統真様は強い方ですね」

「俺が強い？」

「自らが獣憑きになるかもしれないという恐怖と戦いながら、その獣憑きを討伐する仕事をしているのですから。誰にでもできることではないと思います」

統真様は首を横に振った。

「人々に仇（あだ）を為す獣憑きが、許せなかっただけだ。それに、獣憑きだって早く殺してほしいはずだ」

「殺してほしいと思うのですか？　でも、獣憑きに人だった時の記憶はないのでしょう？」

統真様はその問いかけに、苦い表情をする。

「ないと教わっている。だが、そうとは考えられない事例も数多く見てきた」

実際、私が遭遇した獣憑きは最後、自我を取り戻したように見えた。だから手紙を渡したのだろう。しかし、元の姿に戻ることができず、やがて自分を失ってしまうのなら、人だった頃の心が残っているのは、より残酷だ。

「俺は強くなどない。椿に忌み嫌われるのが、この世のどんなことよりも恐ろしかった」

彼の意外な言葉に、私は目を瞬いた。

「私、ですか……？」

「ああ。椿を傷つけないよう、俺は椿を極力遠ざけようとした」

たしかにこの屋敷に来たばかりの頃、統真様は私を冷たい瞳で睥睨（へいげい）した。

その時は、運命の番であるせいで好きでもない女と婚約が決まったのだから、憎まれていても仕方ないと思った。

「運命の番から、逃れることはできない。椿は俺のところに来るしかない。だがたとえ結婚したとしても、俺の番になってしまった憐れな娘には、忌み嫌われている方がいい」

「そんな……」

統真様は寂しげに微笑む。

「俺がいつか化け物に変わってしまうなら、憎んでいた方がお互い楽だろう？　だから情が湧かないよう、離れている間は椿のことを極力調べないようにしていた。そのせいで長谷川家での仕打ちに気づくのも遅れてしまった。……すまない」

「統真様の責任など、何もありません」

統真様は銀色の髪をかき上げる。

「なのにここで椿が暮らすようになって、椿の存在が、俺の中で日に日に大きくなっていくのが分かった」

「えっ？」

「些細な仕草も、俺を呼ぶ声も、こちらに向ける眼差しも、すべて愛しいと思うようになってしまった」

突然の言葉に、理解が追いつかない。

「俺は、椿を愛してしまった」

思いがけない言葉に、心臓が高鳴った。

今の言葉は、現実だろうか。私に都合のいい幻聴ではないだろうか。

「……運命の番だから、仕方なく婚約しただけではないのですか？」

そう問いかける唇が震える。

「婚約については、むしろ喜ばしいくらいだ。最初に椿に出会った時から、俺はずっと椿のことを考えていた。それまで誰かに恋をしたことがないから、それが恋なのだと気づくのに、時間がかかった。たとえ椿が運命の番でなくとも、結婚したい相手は椿以外に思い浮かばなかった」

統真様は私の手を握り、私を壁際に押しつけた。

「きゃっ……」

赤い瞳が、目の前で揺れている。

「今さら椿を手放すことはできない。たとえ椿が、卑怯で醜い俺をどんなに忌み嫌っても、蔑んでもだ」

そう叫んだ統真様は、私の肩に自分の頭を垂れる。

銀色の美しい髪が、私の頬を撫でて流れていく。

「これが最後の機会だ。嫌なら今すぐ、逃げてくれ。俺の目の届かない、どこか遠くへ」

彼の悲痛な声が、耳元で聞こえる。

「どれだけ憎まれても仕方ない。椿には、俺を憎む権利がある。だが椿が俺から離れても、真神の力で、一生不自由ない生活ができるようにする。それだけは、必ず約束する」

彼の姿は、ひどく怯えているように見えた。

最初に出会った時と、同じように。

「……統真様。手を離してください」

そっと解いた。

「ああ、分かった」

統真様は掠れた声で返事をし、悲しそうに目を伏せて、壁に押しつけていた私の手を

私は両腕を伸ばし、彼の背中を強く抱き締める。

「……椿？」

抱き締めると、統真様の鼓動の音が伝わってきた。

「統真様、泣かないでください」

腕の中で、彼がくぐもった声で囁く。

「泣いているのはお前だろう」

そう言われて気づいた。

たしかに、自分の頬を涙が流れていた。

「本当ですね。初めて出会った時も、今も。統真様が泣いているように見えたけれど、

違っていたのでしょうか」

「どうして泣いているんだ？」

「……嬉しいからです」

「嬉しい？」

私は彼に微笑んだ。

「私を愛していると言ってくれて、幸せです」

両手で彼の頬を包み、顔を寄せる。

「どんな姿になっても、あなたを愛しています」

彼の赤い瞳が、私を見ている。

「今さら嫌いになんてなれません。あなたのいない場所で、生きていたくなどありません。統真様が獣憑きになっても、この想いは変わりません」

そう言った瞬間、口づけられた。

唇を離した瞬間、統真様が苦しげに言った。

「椿、愛してる」

「……はい」

「初めて会った時から、ずっと」

「……っ」

嬉しくて、涙で目の前が滲んだ。

彼は真っ直ぐに私を見つめて言った。

「……後悔しないか」

「後悔などしません。一時の気の迷いではありませんから」

どうすれば、この気持ちを証明できるだろう。

そう考えた私は、運命の番について、彼が言っていた言葉を思い出した。

着物の襟を開き、肩まで下ろす。

「椿？」

私はぎゅっと目を閉じ、彼に向かって首を差し出した。

「統真様、噛んでください！」

「何を言って……」

「統真様が私のうなじを噛んで痕を残せば、正式にあなたの番になるのでしょう？　そうしたら、私はもう二度とあなたの側から離れられません。この気持ちは一生変わりません。どうか、あなたのものにしてください」

彼の長い指が、迷うように私の首筋に触れる。

「……本当にいいのか？」

「はいっ」

私は目を閉じたまま、覚悟してその瞬間を待っていた。

彼は私のうなじに、優しく唇を寄せた。

さらに強く目をつぶる。

痛いのだろうか。

それでも、噛まれる痛みくらい平気だ。一生彼の側にいると決めた。今さら、少し痛いくらい何でもない。

……けれど統真様は、一度優しく口づけて、唇を離した。

私は困惑しながら問いかける。

「統真様？」

統真様はおかしそうに笑い声をたてた。

「すまない、覚悟してくれたのに」

統真は子供をあやすように、私の頭をぽんぽんと撫でた。

「椿の気持ちは嬉しいよ。だが、椿の身体に傷を残すのが忍びないと思ってしまったんだ」

そう言って、彼は私の左腕を取る。

「腕の傷も、俺がつけてしまったからな」

私の左腕には、初めて出会った時に狼だった統真様が引っ搔いた傷痕が、薄ら残っている。とはいえ、よくよく注意して見ないと気づかない程度の痕だ。

私は統真様の胸に寄りかかりながら呟いた。

「私、獣憑きを元に戻す方法がないか調べたいです」

彼ははっきりとした声で言った。

「そんな方法はない。今までずっと、神々たちが手をつくして探してきたが、誰も見つけられなかった」

「……そうですよね」

やはり甘い考えだっただろうか。

その後に、統真様は微笑みながら続ける。

「……だが、椿が言うなら見つかりそうな気がするな」

私は彼の顔を見上げた。

「番の印は、まだつけないのですか？」

「残念そうにこちらを見るな。俺だって、今すぐに椿を俺だけのものにしたい」

その言葉に、私は顔から火が出そうになった。

統真様は微笑みながら、私の着物を直してくれた。

「椿が獣憑きを戻す方法を見つけたら、その時運命の番である印を付けよう。約束だ」

彼は自分の小指を差し出す。

私はその指に自分の小指を絡めて言った。

「約束です」

この約束を守れるよう、私は必ず獣憑きを戻す方法を見つけようと決意した。

五章

翌日、私は八雲さんに事情を話して獣憑きに関する資料はないかとたずねた。

すると八雲さんは、私を真神家の所有する書庫まで車で案内してくれた。

古い書庫の鍵を八雲さんが開ける。

しばらく人が訪れていないのか、空気が埃っぽい。室内を書棚が覆いつくし、見渡す限りたくさんの本が並んでいた。

「すごい数の本ですね」

「真神の方々も、獣憑きについてずいぶん研究されておりましたから」

私は書棚から関係のありそうな本を選び、手当たり次第に読んでいくことにした。

だが、なかなか有力な情報は見つからなかった。すでに天ツ国に住む神々たちが、獣憑きについて調べつくしているはずだ。今さら私ができることなんて、何もないのかもしれない。

それでも、何もせずに手をこまねいているわけにはいかない。

またいつ統真様が獣憑きになってもおかしくないのだから。

八雲さんは、獣憑きが起こった事件について書かれた新聞も集めてくれた。私はその新聞にも目を通す。そして奇妙に思った。

「……最近、獣憑きの現れる頻度が高くなっているようですね」

「そうですね。以前は年に数回でしたが、最近は月に二・三度は獣憑きが現れているみたいです。それに……」

八雲さんが苦い顔をして言葉を止めたので、問いかけた。

「何かあったのですか？」

「これは統真様が仰っていた、軍の関係者だけしか知らない情報なのですが。最近、『なりそこない』が発見されているようです」

私は聞いたことのない単語に首を捻る。

「なりそこないとは、なんですか？」

「人と、獣憑きが融合する途中の生物です。しかも、いつも息絶えているか、息絶える寸前の状態で発見されているようです。なりそこないが初めて発見されたのは、半年ほど前だと」

「つまり、今までは起こらなかったことが起こっているということですよね」

「はい。いったい、どういうことなのでしょうね」

言いしれぬ不安が募っていく。

その日は一日書庫にこもっていたけれど、たいした収穫を得られなかった。

むしろ、八雲さんに聞いた『なりそこない』の情報が一番真に迫っている感まである。天ツ国で暮らす人々に聞き込みをする方が、もしかしたら有意義かもしれない。

日が暮れて来たので、私は本を片付けて八雲さんに言った。

「今日は一日付き合わせてしまってすみません」

「いえいえ。もう屋敷へお戻りになりますか？」

「はい」

そろそろ夕餉を作る時間だ。

車に乗り込み、私たちは書庫を後にした。


八雲さんは車を運転しながら言った。

「真剣に本を読まれていましたね」

「はい。ですが一日調べたくらいで、新しい情報が見つかるわけはありませんよね。もしよければ、また八雲さんの時間がある時に書庫まで送っていただけると助かります」

「もちろんです、椿様」

そう言ってから、八雲さんは表情を和ませた。

「椿様が獣憑きのことを知ってもなお、統真様の側を離れずにいてくださって、私はとても嬉しいのです」

私は彼に笑みを返し、自信を持って言った。

「当然のことです。私は、統真様の妻ですから」

その言葉に、八雲さんはさらに目を細めて頷いた。


私たちが屋敷に戻ると、入り口に背の高い男性が立っているのが見えた。

黒い軍服だったので、一瞬統真様かと思ったけれど、彼は金髪だった。

黒縁の丸メガネの、利発そうな顔立ち。なのに、雰囲気は少し軽い。彼は統真様のご友人で。たしか、名前は――。

「高柳さん」

八雲さんは彼に屋敷に入るよう勧めたが、「すぐに帰るから、このままここで話していきます」と告げた。それを聞いた八雲さんは、お辞儀をして屋敷に入った。

高柳さんはひらひらと手を振りながら微笑んだ。

「やあ、僕のことを覚えてくれていたんだね、椿さん。感動しているよ」

「統真様に御用ですか？　あいにく、今は仕事中で」

そもそも統真様の仕事の予定は、私より同じ場所で働いている高柳さんの方が詳しいのではないか。

疑問に思っていると、彼はにんまりと笑った。

「椿さんを、こっそり逢い引きに誘おうと思って」

その言葉にぽかんとする。高柳さんは、統真様が信頼している友人だ。そんなことを言うためにここを訪れたはずがない。

「まさか。冗談でしょう？」

「そう、冗談」

軽く笑っていた高柳さんは、真剣な眼差しになって言った。

「椿さん。君、獣憑きのことを調べているんでしょう？」

その言葉に驚いて、息をのむ。

「統真様から聞いたのですか？」

彼は首を横に振った。

「ううん、統真はそんなこと言わないよ。だけどね、僕はどちらかというと戦闘要員じゃなくて、諜報活動が得意なんだ。だから、君の情報も小耳に挟んでいるんだよね」

私は少し警戒しながら、高柳さんに問いかけた。

「……それで、どうしてわざわざ私のところへ？」

彼は笑顔を崩さないまま言った。

「椿さん、神能樹(しんのうじゅ)の葉って知ってる？」

その言葉は、今日読んだ本にも何度か出てきた。

どんな病気でも治せる、奇跡の植物。

とはいえ、誰も現物を見たことはなく、ただのおとぎ話だと考えている著者がほとんどのようだった。

「僕はあれねー、あながち眉唾でもないと思ってるんだよね」

「どうしてですか？」

「うちの屯所の奥にもね、泉があるの」

その泉の話は、統真様が刀を清める時にしていたから知っている。

「獣憑きの穢れを浄化できると聞きました」

「そうそう。あれ、神能樹の効力に少し似てると思わない？」

私は手を口元に当て、考え込んだ。

「たしかに……」

「だからね、僕は神能樹だって、どこかにあるんじゃないかと調べているんだ。それにもし、その植物が育つのに、なにか特別な条件があるとしたら」

その言葉に、ハッとして顔を上げる。

私と高柳さんの声が重なった。

「朔夜の異能」

彼は嬉しそうに目を細め、小さく拍手をした。

「そう。理解が早くて助かるよ。それなら、天ツ国に暮らす人々が見つけられないのも納得じゃないかって。だって朔夜の一族は、もう何代も天ツ国を訪れていないんだからね。今日は、それだけ伝えたかったんだ」

これは、かなり有力な情報ではないだろうか。

もちろん、その神能樹がどこにあるのか、どうやって育てるのか、そもそも本当に存在するのかは分からないままだが。獣憑きを解明する、重要な手がかりかもしれない。

私は深くお辞儀をしてお礼をした。

「高柳さん、ありがとうございます。私、その神能樹という植物を探してみます」

「うんうん、頑張ってくれると嬉しいな」

高柳さんはぽんぽんと私の肩を叩いて、耳元で小声で囁いた。

「それから、蛇喰が妙な動きをしてる。用心して」

パッと顔を上げると、彼はいつもどおりの明るい表情に戻っていた。

「じゃあまたね、椿さん。今度は本当に喫茶店に行こうね」

そう言って、高柳さんは去って行った。

◇◇◇

玻璃宮で暮らすようになった沙彩は、蛇喰の使用人に命令し、椿の様子を見張っていた。

蛇喰の屋敷は豪華だが薄暗くどこか陰気で、沙彩はいつも不機嫌だった。

ある日、蛇喰は沙彩に一枚の写真を手渡した。

それは笑顔で仲睦まじそうに並んで歩く、椿と統真の写真だった。

沙彩は激昂し、それを床に破り捨てる。

「どういうこと!?　真神は椿が運命の番だから、しぶしぶ自分の元に置いているだけじゃなかったの!?」

統真が椿に向ける眼差しは、心の底から愛おしい人間に対するものだった。

沙彩は長谷川の家に椿を迎えに来た時の、統真の瞳を思い出す。

(周囲のすべてに興味がなさそうな、冷たい目をしていたのに。まるで石ころでも見るように、あたしやお母様のことを睨んでいたくせに……！)

その様子を見ていた蛇喰が言った。

「真神統真は、同情で気のない女に優しくするような、甘い人物ではないよ。むしろ私も、驚いたよ。あんな風に微笑む真神のことを初めて見た。真神は、自分よりどんな上の立場の者に対しても、常に冷淡な態度を取っていたからね」

「何よそれ。それじゃまるで……」

(椿を本心から愛しているみたいじゃない！)

その考えは、口に出せなかった。

沙彩は絞り出すような声で叫んだ。

「あたしはどうしても、どうしても椿を真神から引き離したいのよ！」

「どうしてそうしたいんだい？」

「椿はあたしの側にいないとダメなの。あたしの側で、あたしよりずっと不幸でいないとダメなのよ！」

その言葉を聞いた蛇喰は、おかしそうに声をたてた。

「歪んでいるねぇ」

そして、沙彩に薬の瓶を差し出す。

「君の欲望に正直なところは気に入っているよ。大丈夫、計画は順調に進んでいる。後は、君が上手に演技してくれれば、すべてがうまくいく」

蛇喰は金色の瞳をギラリと光らせながら言った。

「君は椿を地獄に堕とす。私は真神を獣憑きにする。目的が叶う日は、もう間近だよ」

沙彩は蛇喰の言葉に笑みを作る。

薬の瓶を撫でながら沙彩は言った。

「あなた、椿の力が欲しいんでしょう。もし椿を手に入れたら、どうするの？」

蛇喰は目を細めて笑ったまま答える。

「私の屋敷に閉じ込めておくよ。朔夜の力は、特別だからね。逃げ出さないように両手と両脚を縛って檻に入れて、自由に動けないようにして。もちろん途中で死んだりしないように、きちんと面倒をみてあげよう。永遠に、私の側で暮らしてもらうよ」

罪悪感もなさそうにそう言い放つ蛇喰の姿に、沙彩は強い嫌悪感を抱く。

（あいかわらず気持ち悪い男。でもいいわ。椿に復讐できるのなら、何だってかまわない）

沙彩は床に落ちていた椿の写真を見下ろし、靴で踏みつぶした。

◇◇◇

高柳さんと神能樹のことを話してから、一週間ほどが経過した、ある日のことだ。

私の元に、宛名の書いていない手紙が届いた。

「中を確認なさいますか？」

「そうね、一応見てみるわ」

弥子にそう答えて私は自分の部屋に戻り、白い封筒をハサミで開いた。

天ツ国にいる知人は、高柳さんくらいしか思い当たらない。

もしかしたら、何か獣憑きに関する情報が見つかったのだろうか。それで、名前を書くわけにはいかなかったのかもしれない。

私は少し緊張しながら便せんを取り出した。

便せんに書かれていたのは、ほんの数行の文だけだった。

内容を読み、私は顔をしかめてしばらく思案した。

その日の夜、十時過ぎ。

私は玄関から草履を取って、弥子と八雲さんに気づかれないように、縁側からそっと外へと抜け出した。

後ろめたい気持ちを抱えながら、指定された場所へ向かう。目的地は、真神家から十分程歩いたところにある、小さな神社だ。

天ツ国は神々の住まう場所だからか、色んな場所に神社がある。

私はどんどん憂鬱な気持ちが膨らむのを感じながら、木々に囲まれた石段をのぼる。

統真様は、まだ仕事から帰宅していない。屋敷の人々が私がいないことに気がつく前に、用をすませたい。

そもそも、本当に来るのだろうか。

夜が更けているので、参道を照らしているのは頼りない石灯籠の明かりだけだ。

この神社の末社の前が待ち合わせ場所だが、まだ誰もいない。

不安に思っていると、ワンピース姿の沙彩が石段を駆け上がって来るのが見えた。

「お姉様！　ごめんなさい、待たせて」

沙彩は愛らしい笑みを浮かべている。こうやって見ると、本当に可愛い義妹だ。

この間天ツ国で初めて出会った時、怒りをぶつけられた出来事が嘘のようだ。

——あの宛名のない手紙は、沙彩からのものだった。

『これまでのことを謝りたいから、今日の夜ひとりで来てほしい』

そう書かれていた。

今まで沙彩や義母にされた仕打ちが頭をよぎり、私は深く悩んだ。

沙彩のことを信じたい。

だけど、手放しで彼女を信じるのは不可能だ。

だが短い手紙に、もうひとつ重要な内容が書かれていた。

『追伸　神能樹のことも、蛇喰様なら知っているはずです』

その言葉に惹かれ、私はこうして沙彩に会いに来たのだ。

本当に蛇喰さんが、神能樹の情報を持っているのか。

そもそも、どうして沙彩は私が神能樹を探しているのを知っているのか。そこからしておかしい。

——分かっている。

沙彩の言葉は、きっと罠だ。

蛇喰に近づくことは、兎が自ら蛇の巣穴に飛び込むようなもの。いくら私だって、それくらい分かってる。

だけど、それでも……。砂粒ほどでも、獣憑きのことを知れる望みがあるのなら。

実際、手詰まりに近い。

あれから何日もかけて、調べられる書物はすべて読んだ。

それに、蛇喰家のことも少し調べた。

以前統真様が話していたように、蛇喰家が代々薬師の家系だというのは事実のようだ。

中には、植物の葉や根を調合して作る薬もあるはずだ。蛇喰家に、他家には門外不出の秘薬の知識があってもおかしくない。

それをすんなり教えてもらえるかどうかは、また別の話だろうけれど。


沙彩と対峙し、私は彼女に問いかけた。

「神能樹のことを知っているというのは、本当？」

沙彩はくすくすとおかしそうに笑った。

「そんなに焦らなくてもいいのに。せっかく久しぶりに、こうやってふたりきりで話せるんだから。お姉様、獣憑きのことを調べているんでしょう？」

「どうしてそれを知っているの」

その問いかけには、沙彩は答えない。

「蛇喰の屋敷に、神能樹の芽があるの」

「……それが本当なら、分けてもらうことはできないかしら」

「ダメよ、無理に決まっているでしょ。お姉様だって、あれがどれほど貴重なものかは知っているでしょう？　他の場所に持ち出すことは、できないの。蛇喰家の、家宝だから」

一見沙彩の言うことは筋が通っている。

「どうしても見たいのなら、お姉様が蛇喰の屋敷に来るしかないわよ。蛇喰は昔から薬を扱う家系だから、お姉様が必死で作ろうとしている秘薬も、できるかもね」

挑発するようにそう告げる沙彩に、私は顔をしかめて反論した。

「そんな薬が本当に実在するなら、とっくに獣憑きを止められているのではないの？」

「知ってるくせに。それとも、あたしを試しているの？　草木を操る、朔夜の異能の持ち主にしかできないことがあるんでしょう？　神能樹だって、お姉様の力じゃないと育たないんじゃない？　嫌なら来なくてもいいのよ。無理に誘っているわけじゃないわ。あたしからしたら獣憑きや天ツ国のことなんて、どうでもいいもの」

もし本当に、神能樹の芽が蛇喰の屋敷にあったとしたら。

きっと、私にしか使えない。

どんなに危険だとしても、統真様が救えるなら。

私は覚悟を決めて、彼女の誘いに乗った。

「分かった。案内して、沙彩」

そう告げると、沙彩は目を細めて嬉しそうに微笑んだ。

◇◇◇

その頃真神の屋敷には、八雲と統真が帰宅していた。

弥子が困惑した様子で廊下を走っている。飛び出してきた弥子にぶつかりそうになった統真は、彼女に問いかけた。

「おい、どうしたんだいったい」

「統真様、大変です！　椿様が消えました！」

統真はその言葉に驚愕した。

「消えたとはどういうことだ？」

弥子は泣きそうな声で訴えた。

「いないんです！　こんな時間に！　きっと、あの女が……椿様の義妹が何かたくらんでいるんです！」

統真は顔色を変えて屋敷の中を探した。弥子の言うとおり、椿の姿はない。

焦燥感を抱きながら、ふと応接間の机の上に目をやる。

そこには、椿の筆跡で『沙彩に会ってきます』という書き置きがあった。

それを見つけた統真は、銀色の狼の姿に変化する。

その姿を見た弥子は、驚きに目を見開いた。

「統真様、狼の姿に……！」

彼は自分が狼の姿になることを忌み嫌っていた。弥子がこの屋敷で働き出してから、統真が自ら狼になったことは一度もなかった。

「この姿なら、椿がどこにいるのか感じ取れる。椿を助けに行く」

そう告げて口に刀を咥え、統真は屋敷を飛び出した。

そしてまるで疾風のような速さで、椿の元へ駆け出した。

◇◇◇

沙彩は、神社の近くに用意していた車の後部座席に私を乗せた。

運転しているのは、おそらく蛇喰家の使用人だろう。

屋敷に到着するまで、隣に座った沙彩は朗らかに会話していた。

ずっと今までのことを謝りたかった。お母様に命令されていただけで、お姉様ともっと仲良くしたかった。そんなことさえ言っていた。

だが車に乗ってから、十分ほど経った頃だろうか。車内に漂う甘すぎるお香の香りに、私は咳き込んだ。

「沙彩、この香りは何……？　少し苦しいから、窓を開けてもいい？」

窓を開けるハンドルに触れようとすると、沙彩がその手をつかんで止めた。

「これはね、催眠の作用があるお香なの。あたしは慣れているけれど、初めてだと辛いでしょう？」

そう言いながら、沙彩は私の口元に白い布を強く押しつけた。

「っ……！」

その布からは、さらに強い香りがした。思いきりそれを吸い込んでしまい、急速に視界がぼやけていく。

「沙彩……！」

最後に見えたのは、冷徹な表情で私を見下ろす沙彩の姿だった。

次に意識を取り戻した時、薄暗い部屋に自分が寝転んでいるのが分かった。

見覚えのない場所。知らない洋室だ。

身体を起こそうとすると、ずきりと激しく頭が痛んだ。

ぼやけた視界に、ワンピース姿の女性が立っているのが見えた。

「沙彩……？」

沙彩だ。

私は何とか顔を上げて、沙彩を見上げた。だが息を少し吸っただけで、割れるように頭が痛んだ。思うように身体が動かない。

「まだ動けないでしょう。あのお香、手術の時に麻酔として使うこともあるんですって。しばらくはじっとしていた方がいいわよ、お姉様」

失望で、心が暗く沈んでいく。

「……やっぱり私を騙したのね」

沙彩は吐き捨てるように言った。

「罠だと分かってるなら、こんな場所まで来なければよかったのに。そんなにあの男が大事なの？」

私は沙彩を睨みつけながら言った。

「ええ、大事よ。私の命よりも。神能樹を見つけられる可能性があるなら、どんなに少しだとしても、懸けてみたかった」

私はぎゅっと唇を噛む。

「……だけど、それだけじゃない」

沙彩は無言で私の言葉の続きを待っている。

「私、ずっと沙彩と仲直りしたかったの」

沙彩は私の着物の襟をつかみ、私の頬を平手で激しく打ち付けた。

「嘘ばかり言わないでっ！　あんたのそういうところが嫌いよ！」

「嘘なんかじゃないわ。血が繋がってなくても、妹だもの」

痛みと悔しさで涙が滲む。

「初めて出会った頃、手を繋いで一緒に四葉を探しに行ったでしょう」

そのことを覚えていたのか、沙彩の表情に迷いが浮かぶ。

「可愛くて可愛くて、絶対にこの子を守ろうって決めたの。私、ずっと妹が欲しかったから」

その言葉に、沙彩の瞳が揺れる。

「あれから年月が経って、色々なことが変わってしまったけれど。だけど、もしあなたの提案が真実なら。沙彩と和解できるなら、それが一番だと思った」

沙彩は悔しそうに唇を噛む。

「あたしだって……」

彼女は言葉を句切ってから、苦しげに続けた。

「どうしてあたしたちを置いて、あの男の元に行ったの？　あたしたち、家族だったじゃない！」

それを聞き、私は怒りで声を荒らげる。

「ずっと私のことを家族だなんて思っていない仕打ちをしていたじゃない！　今さら、私にそんなことを言うの⁉」

彼女が再び何か言おうとしたところで、部屋の扉が気味の悪い音を立てて軋んだ。

開いた扉の向こうから、蛇喰が入ってきた。

沙彩は私から手を離し、諦めたように呟く。

「もう全部、間に合わない」

蛇喰の身体は、黒い靄に包まれている。

これは獣憑きの前兆ではないか。

「沙彩、あの人……！」

私は恐怖で青ざめる。

私の姿を見て、蛇喰は突然大声で叫んだ。

「朔夜、朔夜、朔夜の娘……！　サクヤの娘だ……！　だが、間に合わなかった……。

私は、ワタシ、ハ……もう……」

そう叫んだ直後、蛇喰の背中を突き破り、白い大蛇が何匹も現れる。

やはり、獣憑きになっている。けれど、どうして？

混乱したが、私より、さらに沙彩が狼狽えているのが気になった。

「どうして？　どうしてあんたが獣憑きになってるのよ！　今まで、他の人間で実験していたのに！」

聞き捨てならない言葉に、私は沙彩を問い詰めた。

「実験ってどういうこと!?」

「蛇喰は、人為的に獣憑きを引き起こす薬を研究していたの。この瓶の薬よ」

沙彩はそう言って、透明な瓶を出した。中には錠剤がたくさん入っている。

信じがたい言葉に、唇がわななく。

「人為的にって……最近獣憑きになりそこねた生物が現れたと聞いたわ。それは、蛇喰のせいだったの!?」

「そうよ」

「そんな……何のために!?」

「蛇喰は、真神に復讐するためだと言っていた。昔真神の怒りに触れて、それ以来蛇喰の一族の扱いが悪いから、真神を滅ぼして自分たちが実権を握るんだと」

「だからって……獣憑きから元に戻る方法はないのでしょう!?」

「そうよ」

人為的に獣憑きになる実験に使われた人たちは、彼の私利私欲で命を奪われたのだ。

そんなこと、絶対に許されない。

沙彩は青ざめた顔で震えている。

「だけど、だからっておかしいじゃない！　どうして自分にその薬を使うのよ!?」

私は自我を失いかけている蛇喰の様子を見て言った。

「……ただの予想だけど。もしかしたら、逆だったのかもしれないわ」

「逆ってどういうこと？」

「私の読んだ本では、獣憑きになるまでに兆候が現れる人間が一定数いると書いてあった。蛇喰は、もしかしたら自分が獣憑きに変わっていくのが分かっていたのかもしれない」

獣憑きになるという兆候が現れる。けれど、それを防ぐ方法は見つかっていない。記憶を失い、獣憑きになるのをただただ待つことしかできない。それは、耐えがたい恐怖だろう。

「だからこそ、彼は獣憑きに人を変える実験を行って、どうにか自分が獣憑きに変わるのを防ぐ方法を見つけようとしたのかもしれない」

蛇喰は意味の分からない叫びをあげながら、蛇をこちらに差し向ける。

巨大な蛇が、私の顔の真横を通り過ぎ、壁にぶつかり穴を開ける。

私と沙彩は悲鳴をあげた。

「沙彩、彼に呼びかけて！」

「何言ってるの!?　無駄に決まってるでしょ！」

「人だった時の心が少しでも残っていれば、あなたの声が聞こえるかもしれない！」

しかし沙彩は首を横に振り、それを拒絶する。

「無理よ！　あたしと蛇喰は、ただ利害が一致しただけ！　あの男を愛していたわけでもない！　あんな化け物と会話できるわけがないじゃないっ！」

その言葉に、統真様まで侮辱されたような気持ちになり、気がつくと私は沙彩の頬を打っていた。

激昂するかと思ったが、沙彩は今まで何をされても受け入れてきた私に手をあげられたことに動揺しているようだ。

「化け物という言葉を取り消して！」

「馬鹿じゃないの⁉　狼神だって見た目はよくても、所詮化け物なんだから！」

「私は統真様に命を奪われるのなら本望よ。だけど、統真様はそんなことしない。私は彼を信じているから！」

私と沙彩が言い争っている時だった。

蛇喰の操る白い蛇が壁に激突し、壁を突き破った。

蛇のすぐ近くにいた沙彩は、悲鳴をあげてその場に座り込む。

「ひっ！」

蛇が激しく暴れる度、周囲の壁や天井が崩れていく。

このまま暴れ続けられたら、いつ建物が倒壊してもおかしくない。

どうにかして止めないと。けれど、どうやって？

沙彩は泣きそうな声で懇願する。

「いやっ！　やめて……！　助けてお姉様！」

私は腹立たしく思いながらも、植物の気配を探した。

幸いこの部屋の裏に、雑草が茂っている場所があるようだ。蛇が壁を突き破ったことで、ちょうど屋敷の外と、この部屋が繋がった。

私は力を込め、草の根を伸ばして巨大な蛇を、そして獣憑きの本体を縛り付けた。

私は歯を食いしばりながら言った。

「沙彩、早く逃げなさい！　長くはもたないわ！」

沙彩は理解できないように叫んだ。

「……こんな目にあって、どうしてまだ、あたしを助けようとするの⁉」

「あなたを助けたいわけじゃない！　獣憑きの被害で人が死んだら、きっと統真様が悲しむから！」

ぶちぶちと、草の根が千切られる音がする。

次から次へと、私は植物のつるを伸ばす。

けれど、その程度で動きを長時間食い止められる相手じゃない。

草のつるをいくら伸ばしても、伸ばしても、私の力では抑えきれない……！

気がつくと、いつかのように目の前に口を開いた大きな蛇がいた。

鋭い牙が、私の顔の前で光る。

――もうダメだ。

諦めそうになった時だった。

銀色の大きな何かが、激しい勢いで部屋に飛び込んでくる。

私はその姿に目を見張った。


――銀色の狼だ。


ガシャリと音を立て、床に細長い物が落ちる。

それは統真様の刀だった。私は咄嗟にその刀を拾い上げる。

狼は蛇を威嚇するように、屋敷中に響き渡るような声で咆哮した。

その唸り声に怯えたように、大蛇は後方へ身を引く。

そして銀色の狼は、洋装の人間へと姿を変える。

「椿！」

統真様の姿を見た私は、弾かれたように顔を上げた。

「統真様っ！」

彼が来てくれたという安堵で、胸がいっぱいになる。

私は統真様に刀を渡した。

その後の出来事は、一瞬だった。

銀色の光が一閃したかと思うと、次の瞬間、蛇の胴体は真っ二つに分断されていた。

別の蛇が後ろから頭をもたげるが、統真様は鬼神のような強さで次々と蛇を打ち倒していく。

獣憑きは――蛇喰の身体だった部分は、意識を失ってその場に倒れた。

蛇がすべて切り落とされたことで、一時的に獰猛さはおさまったようだ。

とはいえ蛇喰の身体の周囲には、まだ黒い靄が蠢いている。放っておけば、また獣憑きとして暴れ出すだろう。


統真様は、蛇喰の胸元に刀を突きつけた。


私は彼に問いかける。

「統真様、蛇喰の命を奪うのですか？」

「……ああ。全部こいつのせいなんだろう。最近玻璃宮に現れていた、なりそこないも。一度獣憑きになったら、二度と人に戻ることはない」

統真様を止めたいという思いもあった。

蛇喰のせいで、たくさんの人が実験に使われ、命を落とした。決して許されることではない。だからこそ、蛇喰には自分の犯した罪を打ち明け、償ってほしい。

だが、私の甘い感傷で統真様を止めることはできない。

彼の決断を受け入れようとしていた時、少し離れた場所から震えた声が聞こえた。

「……お姉様なら、穢れを」

部屋の隅に座り込んでいた沙彩が、泣きじゃくりながら口を開いた。

「え？」

「お姉様なら、その人の穢れを祓えるかもしれない」

統真様の刃が、沙彩の首筋に当てられる。

「統真様っ！」

統真様は、燃えるような怒りを湛えた瞳で沙彩を睥睨する。

「また椿を謀ろうとしているのか？　お前から先に、首を落としてやろうか」

抑えた声音だったが、その真剣さで、ただの脅しではなく本心なのだと伝わってきた。

「朔夜の異能なら、獣憑きを浄化できるかもしれないと蛇喰が話していたの」

沙彩は自分の服の中から、小さな袋を取り出し、私に渡した。

それは手の指の関節くらいの、植物の芽だった。

「……これは？」

「言ったじゃない、ここに来れば神能樹が手に入るって」

驚愕に目を見開き、沙彩に問う。

「本当に？」

沙彩の言葉は、すべてが偽りというわけではなかったのか。

沙彩は疲れ切ったように頷き、呟いた。

「ただし異能の持ち主が未熟な場合、力が跳ね返るかもしれない」

「その場合、どうなるの」

「……多分お姉様が、獣憑きになるわ」

先ほどまで暴れていた蛇喰の姿を思い出し、背筋に冷たいものが走る。

統真様は、私を庇うように前に進み出た。

「椿、この女の言葉に耳を貸すな！」

「あなたたちが、あたしのことを信じられないのは分かってる。あたしも無理にとは言わないわ。蛇喰は、殺されても仕方ないことをしたもの」

沙彩は黒い靄に飲み込まれそうになっている蛇喰を見下ろした。

彼の長い髪に触れ、一粒涙を落とす。

「……でも、憐れだとも思う。最低な人だけど、どうしようもなかったあたしを、助けてくれたのも本当」

「沙彩……」

私はふたりの姿をじっと眺める。

それから深呼吸をし、手の中にある神能樹の芽を見つめた。

「統真様。やってみてもいいですか？」

それを聞いた統真様は、私の両肩をつかんで叫んだ。

「ダメだっ！　分かっているのか!?　自分のすべてを失うかもしれないんだぞ!?」

私は彼に微笑みかけた。

「私の力で、救えるなら……。もしうまくいったら、もう誰かの大切な人が、獣憑きになって悲しむことがなくなるということでしょう？」

統真様は眉間にしわを寄せて私を見つめる。

「いつか、統真様が獣憑きになってしまった時も、あなたを助けられるということでしょう？　あなたのためなら、怖いことなど何もありません。危険でも、試してみたいです。これは私にしか、できないことだから」

統真様は、しばらく逡巡していた。

やがて、困ったように唇を上げて微笑む。

「相変わらず、頑固な女だ。一度言い出したら聞かない」

私はその言葉に小さく笑みをもらして謝った。

「ごめんなさい」


それから私は、手の中にある植物の芽を見つめた。

私が力を込めると、その植物はどんどん大きくなった。

大地に根を張り、屋敷の天井に届くほど幹を伸ばし、いくつもに分かれた枝に眩い金色の葉をつける。

その光景を見ていた統真様は、驚いたように呟く。

「これが、神能樹……。本当に、あったのか」

力を使い切った私は、その場に倒れそうになってよろめいた。統真様が、私の身体を抱き留めてくれる。

「成功した……？　けれど、ここからどうすればいいのかしら」

沙彩は神能樹の葉を千切ると、蛇喰の口に無理矢理押し込んだ。

「本当は、葉を煎じてお茶のようにして、薬を作るのよ。でも、待っていられないでしょう。葉が薬になるなら、きっとそのまま食べたって効果があるわよ」

そんな乱暴な。

だが、たしかに効果はあったようだ。蛇喰の身体から黒い靄がなくなり、人の身体に戻っていく。

やがて、蛇喰は目を薄く開いた。

心配そうに彼を見下ろす沙彩を見つけ、蛇喰は笑みを浮かべる。

「……すまない」

そう言って、彼はまた意識を失った。

ふたりの様子を見ていた私は、小さな声で呟いた。

「よかった」

「沙彩!?」

終章

蛇喰の屋敷での事件から、一週間ほど経った。

私は真神の屋敷にある寝室で、しばらく寝たきりの日が続いた。

私はもう大丈夫だと言ったのだけれど、弥子も八雲さんも、そして統真様も、私を心配して「絶対安静に！」と布団から起き上がることを許してくれなかった。

怪我もないのに、お医者さんにも看てもらった。当然異常はなかった。

とはいえ神能樹を成長させた時に力を使い、疲弊していたのも事実だ。しばらくは、彼らの言葉に甘えて休養させてもらおう。

人を獣憑きに変える禁術を用いたことにより、沙彩と蛇喰は重い処分を下されることになった。しばらくは投獄されるという。

統真様は言った。

「重罪だ。何年かは、牢から出ることはできないだろう」

「でも、通常だったらすぐに処刑されてもおかしくなかったのですよね」

「ああ。椿の望みだったからな。俺も刑を軽くできるよう、一応口添えはしたが」

「ありがとうございます」

蛇喰と沙彩の姿を思い出し、小さく息をつく。あのふたりは、簡単には許されないことをした。けれど、もっと他に方法がなかったのだろうか。

私の考えが伝わったのか、統真様は私の手を握って言った。

「椿が責任を感じる必要はない。椿は、できる限りのことをした」

私は彼の言葉に微笑み、頷いた。

◇◇◇

それからまた、何日かが過ぎて。

夜眠ろうとしていると、寝室に入ってきた統真様に問いかけられた。

「身体の具合は、もうよくなったか？」

私はその言葉に、笑顔で返事をする。

「はい。もともと、力を使いすぎて疲れただけだったので。もう走り回れるくらいに元気ですよ」

返事を聞いた統真様は、嬉しそうに微笑んだ。

それから私をきつく抱き締める。

「……統真様？」

驚いて顔を上げると、口づけを落とされた。

「祝言も挙げたし、正式な夫婦になったな」

「そうですね」

先日、統真様と祝言を挙げた。

私の父と母はもういないけれど、統真様の親族が、たくさん集まっていた。それに神薙に住んでいる朔夜家の人たちも、祝ってくれた。

彼らの前で、白無垢の私と黒紋付羽織袴を着た統真様は、赤い杯に注がれた盃を交わし、夫婦の誓いを立てた。

統真様は赤い瞳を優しく細め、私の首を撫でた。

「覚えているか？　もし椿が獣憑きを救う方法を見つけたら、その時は正式な番にすると言っていたことを」

私は約束をした夜のことを思い出し、深く頷いた。

「はい。もちろん、覚えています」

私の答えを聞くと、統真様は私のうなじを噛んだ。

多少の痛みはあったけれど、一瞬のことで、あまり実感がない。

「……これで私は、統真様の正式な番になったということですか？」

「ああ、そうだ」

「特に何かが変わった感じはしませんね」

「そうかもな。だが……」

統真様は私に口づけて、優しく囁いた。

「残念だが、これで椿はもう一生、俺から離れられない」

私は笑みを作って言った。

「嬉しいです」

その言葉を聞いた統真様は、私の瞳を見つめて言う。

「愛してる、椿」

私は彼を抱き締める。

「はい、私も統真様を愛しています」

実感すると、幸福な思いが込み上げてきた。

これから先も、ずっと統真様の側にいられますように。

そう願いを込めて、私はもう一度彼の唇に口づけた。

この物語はフィクションです。
実在の人物、団体等とは一切関係がありません。
本作は、書き下ろしです。

御守いちる先生へのファンレターの宛先

〒101-0003　東京都千代田区一ツ橋2-6-3　一ツ橋ビル2F
マイナビ出版　ファン文庫編集部
「御守いちる先生」係

Fan ファン文庫

狼様の運命の花嫁

2023年5月20日　初版第1刷発行
2023年7月31日　初版第3刷発行

著　者　　御守いちる
発行者　　角竹輝紀
編集　　山田香織（株式会社マイナビ出版）
発行所　　株式会社マイナビ出版

〒101-0003　東京都千代田区一ツ橋2丁目6番3号　一ツ橋ビル2F
TEL 0480-38-6872（注文専用ダイヤル）
TEL 03-3556-2731（販売部）
TEL 03-3556-2735（編集部）
URL https://book.mynavi.jp/

イラスト　　白谷ゆう
装　幀　　円と球
フォーマット　　ベイブリッジ・スタジオ
DTP　　富宗治
校　正　　株式会社鷗来堂
印刷・製本　　中央精版印刷株式会社

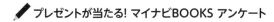

●定価はカバーに記載してあります。●乱丁・落丁についてのお問い合わせは、
注文専用ダイヤル（0480-38-6872）、電子メール（sas@mynavi.jp）までお願いいたします。
 ISBN978-4-8399-8275-1
Printed in Japan

Fan
ファン文庫

平安陰陽怪異譚

著者／御守いちる
イラスト／加糖

怪異に愛される貴族と彼を守る堅物陰陽師が
都で起きる怪奇事件を解決していく

幼いころから怪異に愛される体質でよく怪奇事件に巻き込まれる頼寿。殺人の嫌疑をかけられた頼寿を助けるべく、友で陰陽師の千景は彼とともに真相を探ることに――。

Fan
ファン文庫

江ノ島は猫の島である
猫を眺める青空カフェである

——これは猫語を解する青年が、
移動カフェを始めてから終えるまでの物語である。

猫の声が聞こえる小路は、同居猫のワガハイの提案で『移動カフェ　ENGAWA』を始めることに。そして猫や飼い主たちの悩みを解決していくなかで小路の心にも少しずつ変化が……。

著者／鳩見すた
イラスト／二ツ家あす